El secreto de Picasso

La última aventura de Leo Vidal protagonista de EL CUARTO REINO y LA PROFECÍA 2013

books4pocket

El secreto de Picasso

Francesc Miralles

El secreto de Picasso

**La última aventura de Leo Vidal
protagonista de EL CUARTO REINO
y LA PROFECÍA 2013**

EDICIONES URANO
Argentina - Chile - Colombia - España
Estados Unidos - México - Perú - Uruguay - Venezuela

© 2011 by Francesc Miralles Contijoch
© 2011 by Ediciones Urano,S.A.
        Aribau, 142, pral. – 08036 Barcelona
        www.umbrieleditores.com

1ª edición en **books4pocket** octubre 2014

Impreso por Novoprint, S.A.
Energía 53
Sant Andreu de la Barca (Barcelona)

Fotocomposición: **books4pocket**

ISBN: 978-84-15870-38-8
Depósito legal: B-18688-2014

Código Bic: FA
Código Bisac: FIC000000

Impreso en España – *Printed in Spain*

«*Los demás ven lo que es y preguntan: ¿por qué?*
Yo veo lo que podría ser y pregunto: ¿por qué no?»

PABLO PICASSO

Els Ports, 3 de agosto de 1898

Las estrellas temblaban en la noche como fuegos de tribus lejanas en el inmenso bosque cósmico.

Un muchacho escuálido, vestido de pana y calzado con alpargatas, desollaba, valiéndose de su navaja, una liebre cazada aquella misma tarde. A su lado, un joven varios años mayor azuzaba una pequeña hoguera. El viento que lamía las rocas de un paisaje casi lunar amenazaba con frustrar la cena, pero Manuel protegía la lumbre con su cuerpo fibrado, hecho a las largas caminatas en la tierra de sus padres.

Desde que había acogido a Pablo, su compinche en la escuela de Bellas Artes, los parajes de Horta de Sant Joan se habían convertido en un escenario de aventura. Tan pronto como el huésped se había repuesto de los estragos de la escarlatina, se habían echado al monte cargados con caballetes, pinturas y provisiones para varias semanas.

Hacía ya quince días que llevaban una vida de robinsones en una exigua cueva. Dormían sobre un lecho de hierba, se refrescaban en un riachuelo cercano y cazaban lo que podían, como los hombres que les habían precedido cientos de miles de años atrás.

Durante el día, el techo relativamente plano de la cueva les servía de atelier. Desde aquel observatorio trataban de plasmar en sus lienzos la escarpada montaña de Santa Bárbara.

—Estás muy callado esta noche —dijo Manuel mientras luchaba por reavivar la danza de las llamas—. ¿Todavía no se te ha pasado el susto?

Pablo dejó la pieza, ya troceada, sobre una piedra lisa antes de responder:

—No es eso, aunque te agradezco que me hayas salvado la vida. Si no me hubieras sujetado, me habría despeñado y ahogado en el río.

—Es increíble que siendo malagueño no sepas nadar.

—Bueno, sólo estuve ahí hasta los diez años.

—Ya, pero también Barcelona tiene mar. ¿Es que nunca vas a la playa o qué?

—Sólo voy a dibujar a las bañistas de buen ver, ya me conoces —repuso con una sonrisa pícara—. ¿Cómo van esos fogones?

—Regular, pero con un poco de suerte podremos cocer la liebre directamente sobre las brasas. ¿Me acercas el vino?

Pablo gateó hasta el interior de la cueva, donde dormían y guardaban su despensa, y salió con una bota de piel áspera y ennegrecida. Aunque sólo tenía 15 años, dio un buen trago antes de lanzarla a su amigo, que la cazó con ambas manos y se la llevó al gaznate. El poderoso caldo de las viñas abrasadas por el sol devolvió a Manuel a su anterior pregunta:

—Todavía no me has dicho lo que te pasa. Si ya te has olvidado del barranco y del río, ¿qué te preocupa?

—No es una preocupación, sino un misterio que me ronda por la cabeza. Llevo dándole vueltas desde que hemos visto aquella estrella fugaz.

Manuel se sentó al lado del fuego y, mientras lo protegía con sus grandes manos, le preguntó:

—¿De qué misterio hablas? Espero que no te vuelvas un místico pesado como san Salvador.

—Me refiero a otra clase de misterio... Al ver esa bola de fuego he pensado en los grandes artistas: Leonardo, Velázquez, Cézanne... Hasta cierto momento de su vida fueron personas vulgares, como tú y yo, unos pobres diablos que buscan su propio estilo como tantos otros miles.

—No sé adónde quieres ir a parar.

—Yo tampoco, por eso te lo explico. Todos esos aprendices de brujo tuvieron que descubrir, antes o después, una fórmula que los demás no conocían para romper moldes. ¿Qué tenían ellos que les falta a la inmensa mayoría de los mortales?

—Talento.

Manuel había empezado a disponer los pedazos de carne sobre las brasas, una vez extinguidas las llamas.

—No basta con eso —repuso Pablo ensimismado—. En La Llotja hay muchos tipos con talento que tú y yo sabemos que no llegarán a nada. Sin ir más lejos, los profesores.

—¡Ja! Sé en quién estás pensando. Volviendo a tu pregunta, si no basta con el talento... ¿qué más hay que tener? ¿Constancia?

—Tampoco. El mundo está lleno de gente con talento y constancia que no pasarán de ser buenos artesanos. Me refiero a los genios. ¿Cuál es su secreto? ¿Dónde han encontrado la chispa divina que les hace tan distintos al resto?

Manuel se encogió de hombros. Acto seguido, movió la carne con una rama seca para que no se quemara antes de tiempo. Entendía la inquietud de su amigo, aunque personalmente se sentía más artesano que artista. Pese a que siempre obtenía las máximas calificaciones, todo su mérito residía en reproducir lo que veía lo más fielmente posible.

—¿Crees que un genio, entonces, en lugar de copiar la naturaleza debe superarla? —reflexionó Manuel en voz alta sin apartar la mirada de las brasas—. ¿Es de algún modo un ser sobrenatural? ¿Un mago?

—¡Eso me ha gustado! Un mago, sí señor. Para ser un genio, además de talento y constancia, hay que tomar contacto con la magia. Todo aquel que hace cosas extraordinarias ha adquirido un don misterioso. ¿No dicen que Jesús fue un extraño mago? De lo contrario no habría podido caminar sobre las aguas.

—Cállate, vamos. Y cenemos ya, que la carne está a punto de convertirse en carbón. ¿Es eso magia?

Pablo abrió su navaja y pinchó con ella una pata de liebre. Bajo una capa chamuscada, la carne aún estaba cruda. Luego devolvió la mirada a los astros, como si sólo ellos tuvieran la respuesta a lo que le rondaba por la cabeza desde que se había salvado de caer al río desde el precipicio.

No podía sospechar que, muy cerca de la cueva que habían tomado como chamanes, se hallaba un secreto que cambiaría para siempre su vida y, con ella, la faz del esperado siglo xx.

PRIMERA PARTE

Isla de Buda

1

El túnel entre la periferia de Barcelona y Sitges parecía una enorme boca de lobo a punto de engullirme. De momento ya se había tragado 4,85 euros de mi bolsillo para un trayecto de apenas doce kilómetros.

Mientras mi Seat Ibiza se internaba en los intestinos que excavan el macizo del Garraf, me dije que aquel trabajo olía a chamusquina. Mi experiencia con los marchantes de arte me había demostrado que nunca juegan con las cartas sobre la mesa. En el caso de mi cliente, un tal Steiner, se sumaba el agravante de que su especialidad —eso rezaba su tarjeta— era recuperar obras perdidas. Dicho de otro modo, se dedicaba a recomprar arte robado.

Antes de la visita, había rastreado su web para saber con quién me las tendría, en caso de aceptar su propuesta. En el portal de su galería había un retrato suyo que resultaba como mínimo inquietante. Mostraba un hombre atlético en los inicios de la cuarentena, como yo, pero con la piel reluciente y sin una sola arruga. Cabeza rasurada y gafas con montura roja, a juego con la camisa de seda. Los pantalones blancos ceñidos revelaban que formaba parte de la colonia extranjera gay que permite a Sitges tener una población estable todo el año.

En la fotografía, Steiner estaba sentado en una especie de trono de estilo modernista, lo cual ya era grotesco. Pero aún me había llamado más la atención el bastón que sostenía entre las rodillas. La vara de madera blanca estaba rematada con una curiosa empuñadura de plata: la cabeza de una rata con dos rubíes en los ojos.

Tras aparcar cerca de la estación de Sitges, tomé una calle estrecha que bajaba hasta una pequeña elevación. Edificios modernistas como el Cau Ferrat acompañaban la iglesia del pueblo frente al mar. Según mi mapa, cerca de allí se hallaba la guarida de mi presunto cliente.

Me perdí varias veces por el laberinto de callejones hasta dar con la dirección exacta. Se correspondía con un palacete blanco inmaculado con maceteros de geranios en el balcón. Parecía más una propiedad de veraneo que una galería, pero aun así pulsé el timbre junto a la puerta de hierro forjado.

Mi alemán de la universidad me sirvió para descifrar la placa bajo el pulsador.

STEINER Gallerie
Wir finden was unfindbar ist[1]

Un «clac» metálico anunció que la puerta se había abierto. Al empujarla, liberó un chirrido y me di cuenta de que pesaba como un muerto, lo que me hizo dudar del tráfico de clientes en aquella galería.

---

1 Del alemán, «GALERÍA STEINER. Encontramos lo inencontrable».

La planta baja parecía un almacén de fantasmas, ya que estaba llena de esculturas cubiertas con sábanas. Mis ojos buscaron en la penumbra alguna puerta que llevara a un lugar habitado. Como si me estuvieran vigilando por un circuito cerrado, de repente una voz grave se hizo oír por megafonía:

«Detrás de la cortina.»

Me dirigí instintivamente hacia la única pared libre de esculturas. Efectivamente, topé con la gruesa tela que separaba aquel espacio de un sector más diáfano de la galería.

Al otro lado me deslumbró la claridad de un salón decorado con un gusto dudoso. Sobre las baldosas con filigranas modernistas convivían esculturas geométricas de Henry Moore junto a vírgenes y santos en sus pedestales. Del altísimo techo colgaba un móvil de Calder formado por placas rojas suspendidas a distintos niveles. Junto a éste, una pesada lámpara de araña parecía desgarrar una grieta abierta en pleno anclaje.

Me aparté de aquel peligro y me dirigí al final de la estancia. A mano derecha estaba la escalera hacia el primer piso. Antes de que pudiera dudar de si era aquel el camino, la misma voz dijo:

«Sí, es por aquí.»

Cuatro tramos de peldaños desiguales llevaban hasta un enorme taller con piezas en restauración. En el centro reconocí al hombre de la fotografía, que en aquel momento examinaba, bastón en mano, algo parecido a un clavicordio. Al verme entrar, esbozó una sonrisa exagerada y se adelantó con agilidad para recibirme.

Al estrechar su mano, recordé súbitamente una frase que mi abuelo me había dicho en una ocasión: «*Nunca te fíes de un hombre que lleva bastón y no es cojo*».

2

—¿Un poco de malvasía?

Sin esperar mi respuesta, Steiner llenó dos copas de cristal de roca con aquel vino empalagoso de color miel. Me había invitado a sentarme en un saloncito al final del taller. Desde el ventanal se divisaba una playa poco concurrida a aquella hora de la tarde.

—En la Edad Media se consideraba una medicina —explicó en perfecto castellano mientras se acercaba el brebaje a la nariz—. La malvasía sale citada incluso en *Tirante el Blanco*, no sé si conocerá usted la novela. Se escribió en 1490, poco después de la invención de la imprenta.

—He oído hablar de ella —repuse molesto.

Intuía que aquel alemán era de los que consideran a los norteamericanos unos ignorantes a los que hay que explicar absolutamente todo. Antes de que me siguiera sermoneando, decidí conducir la conversación hacia el motivo del encuentro.

—Me ha parecido ver en la planta baja un par de piezas de Moore. ¿Son auténticas?

—Desde luego —dijo con un tono súbitamente serio y profesional—. Yo no trabajo con reproducciones. Todo lo que ha visto ahí son originales, más las obras que duermen en el sótano a temperatura controlada. En mi catálogo tengo siempre un centenar de primeras firmas. Ése es mi negocio.

—¿Y no tiene miedo de que entren a robar? —pregunté adoptando el papel de yanqui simplón que se esperaba de mí—. Quiero decir, yo no dormiría tranquilo si tuviera en mi casa una colección que vale millones.

—Ni yo tampoco, si no hubiera tomado precauciones. Tengo un seguro que cubre parte del valor de las piezas. Para poderlo suscribir, la compañía me obligó a instalar un sistema de detectores digno del mejor museo. Ni en el Cau Ferrat, donde hay pinturas de El Greco y Picasso, tienen estas medidas de seguridad. Pero existe algo mejor que las células fotoeléctricas para mantener alejados a los intrusos.

Mientras decía esto, apretaba con fuerza el puño del bastón. Los ojitos rojos de la rata lucían entre los finos dedos del galerista, que parecía no tener prisa para tratar lo que me había llevado hasta allí.

—La desinformación, ése es el mejor repelente contra los ladrones —prosiguió—. Mi catálogo no se edita en papel ni tampoco se encuentra en mi web. Cuando entró usted a investigarme esta mañana, ya vio que no se menciona ninguna clase de colección. Apenas recibo visitas en la galería, así que nadie sabe lo que tengo, fuera de una red de clientes muy exclusiva y discreta.

—Ahora yo estoy también en el secreto —le recordé, incómodo por haber sido detectado en su web—. ¿No teme que pueda contar a otros lo que tiene aquí dentro?

—Bueno, lo cierto es que usted no sabe lo que hay. Las esculturas amorfas de Moore y el juguetito de Calder son baratijas en comparación con otras obras que tengo aquí aparcadas. No voy a entrar en detalles, pero se sorprendería de saber...

—Tampoco me interesa —le interrumpí—. De hecho, se está haciendo tarde, así que me gustaría que habláramos de la naturaleza del encargo. Sospecho que no seré el hombre adecuado. Puesto que ha llegado hasta mí, ya debe de saber que soy un simple periodista de investigación. Busco fuentes, me documento, escribo artículos de fondo. Esa clase de cosas. No veo cómo podría serle útil...

Steiner hizo girar la cabeza de rata sobre el bastón mientras sus labios esbozaban una leve sonrisa. La última luz de la tarde se desplomaba sobre la playa donde, curiosamente, había aumentado la afluencia de bañistas.

—Igual que a usted, a mí antes de encargar un trabajo me gusta rastrear el currículum de quien va a realizarlo —dijo al fin—. Y el suyo es altamente interesante. Si no me equivoco, encontró usted una fotografía inédita de Himmler en Montserrat. Creo también que estuvo involucrado en la recuperación de una cómoda robada en el barrio judío de Gerona[2]. Debió de ser una aventura fascinante...

—¿Quién le ha dado esa información? —repuse asustado—. No creo que en Internet esté colgado mi currículum vitae. En cualquier caso, le informo que he dejado de hacer esa clase de trabajos.

---

2. Ver *El Cuarto Reino* y *La Profecía 2013*.

—Es comprensible. Eso que yo entiendo como una labor admirable, para otros puede ser simplemente una actividad delictiva. Es sólo una cuestión de etiquetas.

—¿Me está usted chantajeando?

—Por favor, no me malinterprete.

—Intuyo que si no acepto el encargo, esa «labor admirable» puede llegar a oídos de las personas equivocadas. ¿No es así?

—Jamás haría algo así —aseguró Steiner mientras me llenaba la copa por segunda vez—. Como todo galerista soy un ladrón, pero tengo mis principios. Uno de ellos es no delatar a quien arriesga su vida por recuperar un pedazo del pasado. Nos dedicamos a lo mismo, amigo.

—Todavía no me ha dicho quién le ha revelado lo de la fotografía y...

—Eso da igual —me cortó—. Al final, la gente que mueve dinero es siempre la misma. Son pocos y uno los va conociendo. Cuando buscas a un especialista en algo difícil te van guiando en la dirección adecuada. Así fue como di con usted. Una vez se sabe «quién», el resto es muy fácil: en la Red se encuentra cualquier dirección de correo electrónico.

Aquel discurso lleno de rodeos me resultaba agotador. Aún no sabía en qué consistía el trabajo y ya tenía ganas de dejarlo. El galerista volvió a la carga:

—Supongo que le ha intrigado lo que ha leído en mi placa: encontrar lo inencontrable. Sobre todo después de saber que tengo tantas piezas.

—Si han llegado hasta aquí, no eran tan inencontrables —dije perdiendo la paciencia—. ¿Por qué no tratamos de una vez el asunto?

Steiner inspiró profundamente y echó una mirada a su reloj de pulsera, un Zenith con esfera de cobre que debía de tener más de setenta años. Luego se puso en pie y, sin soltar el bastón, anunció:

—Ya es hora de cenar. Le propongo que lo hablemos en un restaurante al que me he aficionado últimamente. ¿Me acompaña? Mi experiencia como galerista me dice que los negocios fracasan sin una buena mesa.

—De acuerdo, pero necesito estar de vuelta antes de medianoche. Tengo pendiente una conversación con mi hija.

—Y la tendrá —repuso dándome la espalda mientras le seguía—. Si no logra reunirse con ella, siempre pueden hablar por teléfono. La tecnología también sirve para eso.

Mientras bajábamos los escalones, me entraron ganas de patear el trasero de aquel alemán resabiado. Sin embargo, ya había perdido demasiado tiempo para no saber al menos cuál era el negocio. La curiosidad mata al gato y a los periodistas incautos.

Tras sortear las esculturas cubiertas con sábanas, Steiner abrió la puerta de la calle y dirigió una última mirada al interior. Con expresión melancólica declaró:

—Tenía usted razón al decir que nada de esto es inencontrable. Son piezas que entran y salen para mantener viva la galería, «hacer hervir la olla», como dicen los catalanes. Lo que le voy a plantear esta noche... eso sí es un reto. Espero que no haya perdido el olfato, porque va a meter las narices en uno de los mayores misterios del arte moderno.

3

Mientras caminábamos hacia el restaurante de un hotel de la cadena Best Western, mi anfitrión me endosó un discurso que no le había pedido sobre el origen de la prosperidad en Sitges.

—Hasta principios del siglo diecinueve, éste era un pueblo insignificante que vivía del vino, la malvasía y los licores. Pero unos cuantos lugareños habían hecho las Américas y regresaron con dinero suficiente para levantar mansiones al estilo indiano. Dos de ellos hicieron fortuna gracias al arte de destilar alcohol, que está muy arraigado aquí. Un tipo llamado Facundo Bacardí, que nació en Sitges, se fue a Cuba a fundar una empresa licorera con su nombre, y lo mismo hizo su paisano Andrés Brugal en la República Dominicana. ¿Conoce estas dos marcas de ron?

—Por supuesto, ¿y quién no? —repuse cansado de tanta monserga—. Además, aunque he vivido la mayor parte de mi vida en California, mi familia es de Barcelona.

—Lo sé, pero mi fuerte es el arte catalán de principios del veinte, así que por muy alemán que sea voy a contarle por qué Sitges ejerció tanta atracción sobre los pintores modernos. El pionero fue Santiago Rusiñol, que en 1892 se instaló en la casa que hoy se conoce como el Cau Ferrat. Era un artista muy amigo de las fiestas y se codeaba con gente de dinero, así que este lugar pronto se convirtió en el centro cultural de los modernistas. Entre la gente que le visitaba llegó Charles Deering, un millonario norteamericano que compró varias casas de pescadores para construir el palacio Maricel. Así empezó el bum turístico que perdura hasta hoy. ¿Sabía usted que Sitges es el municipio más caro de España? En ningún otro lugar se paga tanto por el metro cuadrado.

Saturado de tanto parloteo, agradecí nuestra llegada al restaurante, que estaba bastante tranquilo ese viernes de finales de agosto. Tenía la intención de atacar la cuestión en cuanto nos sentáramos, pero Steiner aún reservaba un par de temas para cerrar su clase magistral.

Un camarero que parecía sacado de un pase de modelos nos condujo a través de un jardín iluminado por velas. En las otras mesas, varias parejas de hombres charlaban relajadamente bajo el canto de los grillos.

A nosotros nos fue asignada la mesa más lejana, al lado de un estanque con iluminación subacuática. Supuse que el galerista la había pedido para que nadie escuchara lo que tenía que decirme, aunque seguía pregonando las excelencias de Sitges como si fuera su alcalde.

—Tenemos desde 1968 un festival pionero de cine fantástico, ciencia ficción y terror. Pero no es lo único que da miedo aquí. ¿Recuerda lo que aconteció en Sitges entre el tres y el seis de junio de 2010?

—¿Cómo voy a saberlo? No soy una hemeroteca viviente. Cada día pasan cosas en todas partes.

—Cierto, pero no siempre se reúne el Club Bilderberg al lado de casa. Supongo que sabe de qué hablo.

El galerista calló un momento para estudiar la carta de vinos al ver que el camarero se acercaba. Pidió un priorato blanco con el sugestivo nombre de Aigua de Llum[3] y a continuación se sumergió en la lectura de los platos del día.

Mientras disfrutaba del silencio por primera vez en aquella velada, recordé que había visto en las noticias lo del Club Bilderberg. Al encuentro en un hotel de Sitges habían acudido jefes de Estado, banqueros e incluso el ex secretario general de la OTAN. Los que mueven los hilos del mundo habían tratado el futuro del euro y el dólar, así como el panorama después de la crisis. Unos ciento cincuenta activistas habían protestado contra la falta de transparencia de este club que controla la economía mundial, pero la manifestación había acabado sin incidentes.

Dejé de lado las teorías conspiratorias cuando un camarero gordo y sudoroso acudió con el vino y una cubitera. Descorchó la botella con extrema suavidad y sirvió dos dedos al anfitrión con la mano a su espalda.

—Le felicito por su elección, caballero. No se producen más de ochocientas botellas al año de este caldo de variedad viognier. Espero que una de ellas se quede en esta mesa.

El alemán entrecerró los ojos para concentrarse en el aroma del vino, que removió circularmente en su copa antes de echárselo al gaznate. Se detuvo un momento a analizar el golpe de alcohol en la lengua antes de dictaminar:

---

3. Del catalán, «Agua de luz».

—Excelente, ya puede traer los entremeses. Yo mismo serviré a mi socio.

Me irritó que hubiera empleado aquel término cuando aún no habíamos hablado de negocios. Sin embargo, la repentina seriedad que tiñó la cara de Steiner indicaba que había llegado el momento. Yo mismo encaré la cuestión tras un trago de vino blanco que debía de costar una fortuna.

—¿Ese misterio del arte moderno tiene algo que ver con el Club Bilderberg?

—Para nada —me atravesó con la mirada como si yo fuera idiota—. La primera reunión de ese círculo fue hace sesenta años, y yo quiero que encuentre el rastro de algo que se perdió hace más de un siglo. No será tarea fácil, si le soy franco, pero la recompensa merece la pena.

—Me alegra que vayamos por fin al grano. ¿De qué se trata exactamente?

Steiner hizo girar la rata plateada sobre el bastón. Sus ojos de rubí centellearon al reflejar la llama de la vela.

—Dado que es un asunto delicado, sólo se lo puedo revelar si acepta el encargo. Para mí sería un peligro tener a alguien más en el secreto.

—Pero... no puedo aceptar algo que no sé en qué consiste.

—Sólo estoy autorizado a anticiparle los honorarios: trescientos euros al día con todos los gastos pagados más una prima extraordinaria de trescientos mil euros si logra llegar hasta el final.

Ya no cabía duda de que me estaba metiendo en un berenjenal. El desfase entre el sueldo diario, por generoso que fuera, y el premio gordo era demasiado exagerado para tratarse de un asunto limpio. Agradecí que no me hubiera puesto al corriente, ya que mi intención era declinar el trabajo y batirme en retirada después de la cena.

Se lo iba a expresar de este modo, cuando mi móvil vibró en el bolsillo de mi americana.

—Aguarde un momento —me disculpé.

Tras levantarme, me situé al otro lado del estanque para atender la llamada de mi hija. Desde que había entrado en la adolescencia, sólo telefoneaba para sablearme o para darme malas noticias, pero esta vez adiviné que la cosa había rebasado todos los límites.

—Papá, estoy en un buen lío.

—¿Qué ha pasado, Ingrid?

Un sollozo al otro lado me preparó para lo peor mientras el galerista me aguardaba impaciente.

4

El grado de catástrofe era peor de lo que me había temido. Sabía que Ingrid frecuentaba un grupo de jóvenes antisistema que se reunían frente al Colegio Americano, pero no sospechaba que con sólo quince años intentaría prender fuego a una agencia inmobiliaria.

Me explicó entre lloros que la policía los había pillado in fraganti antes de encender la mecha en una lata de gasolina. Llevaba cuatro horas detenida y para sacarla de ahí tendría que depositar una fianza antes de que fuera entregada al Tribunal de Menores. Si la cosa se complicaba, empezaría el curso en un reformatorio.

Iba a necesitar un buen abogado y más dinero del que había en mi modesta cuenta corriente. Si lograba librarla del castigo, tendría que buscarle un internado donde estuviera a salvo de sí misma.

Tras prometerle que en una hora la recogería en comisaría, volví a la mesa con una pesada nube de fatalidad sobre mi cabeza.

—¿Buenas noticias? —dijo Steiner mientras cogía con sus finos dedos una viruta de jamón.

—No exactamente. Antes de media hora debo regresar a Barcelona a recoger a mi hija —expliqué sin dar más detalles—. Puedo aceptar el encargo siempre que me procure el anticipo de diez días de trabajo.

—Mire si confío en usted que voy a extenderle un cheque ahora mismo.

Sacó con suma facilidad una chequera de su bolsillo interior, sin duda un gesto repetido innumerables veces. Acto seguido, tomó una pluma Montblanc de calibre grueso para escribir la cifra de tres mil euros al portador. Deslizó el valioso papel sobre la mesa como si fuera una bagatela.

—Ahora brindemos para que la misión tenga éxito —propuso el alemán—. Según nuestro trato, a partir de mañana dispone usted de diez días para dar con el premio gordo. Mi cliente estará encantado de que yo le extienda ese cheque de seis cifras. Eso es lo que en las escuelas de negocios modernas llaman «GANAR GANAR». Yo gano, mi cliente gana, usted gana. Misión cumplida y todos contentos. Y si no logra culminarla, nadie le quitará el anticipo que lleva en su bolsillo. Se premia también haberlo intentado, aunque sería una pena jugar para no ganar.

Miré la hora en mi móvil. Eran las once de la noche y, exceptuando aquel cheque que no sabía si tenía fondos, habíamos estado vagando alrededor de la nada. El galerista pareció captar mi frustración y se limpió los labios con la servilleta antes de decir:

—Lógicamente, una comisión tan elevada se corresponde con una meta igual de ambiciosa. Dicho en pocas palabras, se trata de dar con algo que nadie ha logrado encontrar hasta ahora. Su misión es localizar un cuadro de Picasso del que existen referencias pero que nadie ha visto nunca. Todo un misterio.

—Un cuadro de Picasso... —repetí escandalizado.

—Sí, ya lo sé, hablamos de una pieza valorada en millones de euros. Pero no le corresponde a usted adquirirla. Para eso ya me tiene a mí, que soy un profesional. Su tarea es única y exclusivamente localizar ese cuadro. Por extraño que le parezca, es posible que se halle en un lugar donde nadie sepa que hay un Picasso. De otro modo ya se habría subastado.

Vacié mi copa de Agua de Luz en un intento de ver claridad al final del túnel en el que me estaba metiendo. Lo único bueno de aquel asunto era que nadie se sorprendería si regresaba, diez días después, con las manos vacías. Uno no encuentra un Picasso debajo de las piedras. Eso me permitió abordar la cuestión de forma relajada, olvidando por un momento que mi hija estaba en el cuartelillo.

—Necesitaré toda la información disponible para seguir la pista de ese cuadro, así como presupuesto para los viajes que deba realizar.

—No hay problema. Cuando haya terminado, me pasa la suma de los gastos y lo liquidamos al momento. Ya ha visto que somos serios. Pero no tendrá que ir muy lejos: la partida se va a jugar en un pueblo del sur de Cataluña con poco más de mil habitantes. ¿Ha oído hablar de Horta de Sant Joan?

—Hubo un gran incendio en el 2009 —recordé mientras me venía a la mente la imagen de Ingrid como pirómana del capitalismo—. Murieron cinco bomberos. Lo tengo presente porque llevaba poco viviendo aquí y empezaba a leer los periódicos para practicar el idioma.

—Bueno, pues si estudia un poco el tema antes de salir de viaje descubrirá que Picasso pasó dos largas temporadas allí. La primera fue en 1898, cuando era un adolescente que aspiraba a ser pintor. Volvió diez años después, ya con dinero y fama a sus espaldas.

—¿Por qué regresó?

—Por nostalgia hacia aquella primera visita. Llegó a decir que todo lo que sabía lo había aprendido en Horta. Al parecer, descubrió algo importante en el curso de una extraña aventura, y en esta segunda estancia lo plasmó en un cuadro.

—La pintura que nadie ha visto —dije empezando a sentir interés por aquella historia.

—Es muy posible. Según los biógrafos, Picasso dejó un solo cuadro en Horta de Sant Joan, que tiene un museo donde sólo hay reproducciones de sus obras. En 1909 se lo dio como regalo a quien le había procurado alojamiento en su segunda visita. Esa pieza nunca fue vendida, ni siquiera exhibida. Tal vez porque Picasso así se lo pidió a Tobías Membrado, su anfitrión. Puede que fuera un secreto entre ellos dos, porque nunca reveló a nadie su contenido. Eso me ha llevado a pensar que ese cuadro sigue allí, en Horta, oculto en algún lugar insólito.

—¿Quién hay detrás de este encargo? —pregunté mientras me levantaba para irme—. ¿Un museo? ¿Un coleccionista particular?

—Eso no importa. Piense que trabaja para la historia, pues tal vez en el secreto de Picasso esté la clave de la génesis del arte moderno y lo que somos ahora. Le deseo buena suerte y, por favor, no me busque hasta que haya agotado todas las vías de investigación.

Steiner me dijo que quería permanecer en el restaurante un rato más, pero me acompañó hasta la puerta, donde me despidió con un mensaje nada tranquilizador:

—Un consejo de amigo: mantenga los ojos bien abiertos y cuidado con las amistades que haga por el camino. No es el único que busca.

5

La madrugada del viernes se había saldado con una bronca en la comisaría y el pago de 1.500 euros al dueño de la agencia inmobiliaria en concepto de daños y perjuicios, a cambio de retirar su denuncia. Aunque la gasolina no había llegado a explotar, la alarma que había generado mantendría a los clientes alejados las próximas semanas, ése era el argumento.

Por parte de la policía, Ingrid tendría que presentarse en comisaría al cabo de dos semanas y yo debía demostrar que la mantenía bajo control y que, por lo tanto, no era preciso encerrarla en el reformatorio. Sus compañeros antisistema habían ingresado preventivamente en la cárcel al haber cumplido los 18 años.

Ya era sábado cuando, con la primera luz del día, repasé el atolladero en el que me encontraba. Tras dos trabajos de investigación que casi me habían metido a mí también en la cárcel, mi cuenta corriente seguía fluctuando entre la escasez y la nada. En el plano sentimental contabilizaba un divorcio, una separación y el suicidio de una amante.

Delante de mí, sólo el abismo.

Salté de la cama para desprenderme de aquellos negros pensamientos. Al revisar en Internet mi correo electrónico, tuve la primera buena noticia desde hacía meses. La madre de Ingrid había decidido adelantar su viaje, programado para septiembre, y llegaría esa misma tarde a casa para «inculcar valores» a aquella alma descarriada.

Después de dos años sin vernos, sería insólito compartir techo con alguien que desde su ingreso en la Cienciología se había convertido en una extraña para mí. Sin duda, Ingrid iba a maldecir esa visita, pero tenía que aprovechar la tregua para viajar a Horta sin más carga sobre mis espaldas que mi mala sombra.

Era improbable que encontrara nada, pero debía justificarme ante mí mismo el cheque que había ingresado por cajero la noche anterior. Más aún, estaba seguro de que Steiner supervisaría de un modo u otro mis movimientos por la comarca.

El rostro pelado del galerista se fundió en mi memoria con la rata del bastón. Me dije que aquél debía de ser su signo en el horóscopo chino y busqué por pura curiosidad su perfil psicológico.

RATA. El nacido bajo este signo destaca por su simpatía e inteligencia. Su temperamento social hace de él un gran comunicador. Es extrovertido y disfruta de los clubes y asociaciones. Su mayor defecto es la propensión a sentir miedo, lo que puede llevarle a perjudicar a terceros, así como su debilidad por el despilfarro y a vivir a costa de otros.

El crujido de la puerta de Ingrid me apartó de aquella frivolidad. En un penúltimo intento de ejercer mi autoridad paterna, salí a su encuentro dispuesto a mantener una charla con ella antes de que llegara su madre y se montara un cirio. Pero la incendiaria no parecía abierta a la comunicación aquella mañana, tal vez porque no era rata sino tigre.

Un par de días atrás había leído sus características en el zodíaco chino, que me sorprendió por su precisión hasta el punto de anotarlo en el bloc de notas de mi móvil:

> TIGRE. La persona nacida bajo este signo es poderosa, pintoresca e impredecible. La impulsividad del Tigre provoca en su entorno toda clase de sensaciones excepto la indiferencia.

Tenía un tigre en casa de angelical melena rubia y expresión enfurruñada. Para evitar que la interrogara nuevamente, hundió sus ojos azules en el bol de los cereales. Desayunaba a cámara lenta, como si un extraño letargo se hubiera apoderado de sus miembros.

Paseé la mirada por el estrecho piso de alquiler que nos servía de guarida desde hacía menos de un año.

—Creo que fue una mala idea trasladarnos a Barcelona —empecé—. Cuando vivíamos al pie de Montserrat todo era más sencillo.

—Era horrible.

—Al menos había un balcón y veíamos las montañas, no como esta ventana que da a un muro. Y en el pueblo había buena gente.

—Tan buena que permitieron que vaciaran nuestra casa sin rechistar —dijo amargamente—. ¿O has olvidado el motivo por el que nos fuimos?

No contesté. De hecho, el robo que habíamos sufrido a mi regreso de un viaje no había sido el motivo principal de nuestra marcha. Aquella casa me recordaba demasiado a Aina, la pareja que me había abandonado por culpa del carácter de Ingrid.

Ahora me daba cuenta: desde que estábamos en Barcelona todo había ido a peor. El carísimo Colegio Americano no había servido para meter en cintura a la única persona que daba sentido a mi vida.

—Necesito tu colaboración, Ingrid, o no saldremos de ésta.

—¿Qué quieres decir, papá? —preguntó inquieta.

—Quiero que intentes convivir con tu madre los próximos nueve días sin que tenga que dejarlo todo para rescatarte. Tengo un trabajo del que depende tu matrícula de este curso.

Ingrid me miró impresionada. Entre el Colegio Americano y el reformatorio, parecía dispuesta a hacer un esfuerzo para decantar la balanza hacia la primera opción.

—Lo haré... Si prometes pedirle a mamá que no se meta conmigo. Por cierto, ¿adónde vas?

—Adonde Cristo perdió las alpargatas. Puede que esté más de una semana fuera.

—¿Qué buscas?

—No lo sé.

6

Tras lograr algo parecido a un pacto de no agresión, aproveché que Ingrid dormía la siesta para empaparme de la infancia de Picasso en una biografía que encontré en mi biblioteca.

Antes de tumbarme en el sofá a leer, apagué el portátil de Ingrid, que había estado conectada a una página de Facebook llamada «*Señoras que ven a jóvenes volviendo del after y piensan que han madrugado*».

Me sumergí en un librito de una colección sobre genios modernos que había utilizado para redactar algún artículo. *Pinceladas de la vida de Picasso 1881-1973* se abría con una serie de hechos que marcaron la época en la que nació. Destacaban, por ejemplo, que la invención de los tubos de pintura, en 1870, fue lo que permitió a los artistas salir a pintar al aire libre, lo cual fue fundamental para el impresionismo.

El año del nacimiento de Picasso abrió el primer cabaret artístico de Montmartre, Le Chat Noir, que atraería a los bohemios de París y del mundo entero. A su vez serviría de inspiración para el barcelonés Els 4 Gats, inaugurado en 1897.

Ya en la sección dedicada a la biografía del artista, me enteré de que su padre era profesor de Bellas Artes. Le gustaba dibujar palomas en los parques de Málaga, una afición que enseguida contagió a Pablo. La misma ave que en su madurez convertiría en símbolo de la paz era uno de los cuatro primeros recuerdos de su vida. Al parecer, le dejaban llevar una paloma a la escuela.

Los otros tres recuerdos me embargaron de melancolía. Pablo Picasso recordaba haber aprendido a caminar empujando una gran caja de galletas, recordaba también a un hombre que vendía nieve en la calle para hacer gazpacho; y se le había quedado grabada una mujer que había visto desnuda en el lavabo.

Sonreí en un apartado que trataba su afición temprana por las féminas, lo cual coincidió con el descubrimiento de que su arte le podía procurar lo que deseaba. Ya de pequeño, Pablo regalaba dibujos a sus primas a condición de que le dejaran levantarles la falda.

El talento de Picasso se hizo evidente ya a los trece años, cuando mostró unas ilustraciones a su padre. Dejaron tan impresionado al profesor de Bellas Artes que éste decidió no pintar nunca más. En un momento simbólico que Pablo jamás olvidaría, le regaló sus pinceles y su paleta para que asumiera su vocación. A esa misma edad hizo su primera exposición en la trastienda de un establecimiento de La Coruña, donde la familia vivió un tiempo antes de trasladarse a Barcelona.

El sonido del teléfono móvil me despertó de una siesta involuntaria en el sofá. Me había dormido entre imágenes borrosas de la infancia del genio.

Por la larga numeración, entendí que mi ex mujer llamaba desde el aeropuerto donde realizaba su escala. No llegué a tiempo de contestar. Al efectuar la rellamada, una voz en inglés norteamericano me comunicó que el aparato estaba desconectado.

Miré la hora en el móvil: las 16:15. Si me daba prisa, aún podría completar la documentación con una visita fugaz al Museo Picasso de Barcelona. Allí había muchas obras de su primera juventud, así como de su estancia en Horta de Sant Joan. Era un punto de partida para una búsqueda que no sabía por dónde empezar.

Antes de salir, entré con sigilo en la habitación de Ingrid, que dormía plácidamente. Estuve un rato sentado a su lado. Me gustaba acariciar sus cabellos rubios y sedosos como cuando era una niña.

Observé que bajo la almohada había un bulto cuadrado. Introduje la mano cuidándome de no despertarla, y saqué de su interior un paquete de Lucky Strike. Ni siquiera era light. Al abrirlo comprobé que sólo quedaban dos cigarrillos retorcidos.

Salí completamente abatido, con la sensación de que la vida acababa de darme una buena tunda.

Por suerte, cuando tu infancia o la de tu hija mueren, siempre puedes refugiarte en la de otro. En mi caso tenía la de Picasso, que ya en su madurez dijo: «*A los doce años sabía dibujar como Rafael, pero he necesitado toda una vida para pintar como un niño*».

7

Había estado una sola vez en el palacete de la calle Montcada que acoge el Museo Picasso, pero de repente lo veía con ojos distintos. Que la mayoría de las obras pertenecieran a sus años de formación podía aportarme pistas —ésa era mi esperanza— de cara a mi indagación en Horta de Sant Joan.

Quería empaparme de sus trabajos en La Llotja, la escuela de Bellas Artes de Barcelona, para entender el cambio que había experimentado en aquel viaje de 1898 que le convertiría en artista. De hecho, ya no regresaría nunca más a la escuela de pintura.

Me detuve especialmente en las primeras salas, donde había cuadros de su adolescencia en los que demostraba ya una técnica magistral.

El retrato de un hombre con boina pintado en La Coruña durante 1895 me impresionó. Picasso lo había realizado a los catorce, sólo un año después de que su padre le hubiera entregado su propia paleta y pinceles. Era de un realismo y expresividad sobrecogedores, igual que el cuadro de una anciana de Málaga que databa de un año después; sus ojos vidriosos contra el fondo negro parecían presagiar la cercanía de la muerte.

Pertenecía al mismo año, 1896, un autorretrato del pintor —ya en Barcelona— a los quince años. Se presentaba como un joven apuesto y bohemio, con un flequillo nervioso desparramado sobre su frente.

Me acercaba a la época del enigma que me mantendría en jaque los siguientes nueve días.

1897. La sala 3 estaba presidida por un enorme lienzo de dos metros de alto por dos y medio de largo. Picasso aún tenía 15 años cuando plasmó en *Ciencia y caridad* la postración de una mujer enferma, a la que un médico toma el pulso en la cama mientras una monja la contempla con un bebé en brazos.

Según leí en un panel informativo, esta obra había impresionado mucho a Grace Kelly, que había visitado el museo en 1977, pocos años antes de morir en accidente de tráfico. Esta pintura gigantesca había abandonado el museo una sola vez para una exposición en el MOMA de Nueva York en 1980.

Mi siguiente parada fue frente a un cuadro de pequeño formato pintado en 1898, *El mas del Quiquet*, que retrataba una casa de campo con un estilo mucho más libre. Comprobé que había sido pintado en el viaje que pronto iba a rastrear. Tomé nota en un cuaderno de la explicación facilitada por el museo:

En el mes de junio de 1898, Picasso va a Horta d'Ebre (actual Horta de Sant Joan) invitado por su amigo y compañero de La Llotja, Manuel Pallarès. Su estancia se alargó hasta enero de 1899, cuando regresó a Barcelona. La experiencia le dejó una huella profunda, hasta el punto de afirmar muchos años después: «Todo lo que sé lo aprendí en Horta».

Aquella aventura del joven Picasso fue sin duda iniciática, ya que en la siguiente obrita en la que me detuve, *El diván* de 1899, tanto el tema como la técnica destilaban modernidad. En un estilo oscuro y expresionista, había plasmado un joven que magrea el pecho de una prostituta, mientras una grotesca celestina contempla la escena.

Había leído que el amigo Pallarès, varios años mayor que Picasso, tras mostrarle el mundo rural de Horta le había acompañado a los burdeles de la Barcelona canalla.

Vi que eran las ocho y dejé aquí la visita al museo. Mi ex mujer estaba a punto de aterrizar y me tocaba ejercer de juez de paz. Cenaríamos en casa, intercambiaríamos unos cuantos reproches y luego a dormir.

Mientras repasaba este plan, me di cuenta de que estaba ansioso por huir hacia el sur.

8

Al volver a penetrar en el túnel del Garraf, un día y medio después, pensé en hacer otra parada en Sitges para visitar el Cau Ferrat. Por la casa de veraneo de Santiago Rusiñol habían pasado Picasso y sus amigos, por lo que tal vez entre las obras que se exhibían hubiera algún detalle interesante sobre la juventud del genio.

Un atractivo suplementario era que hubiera dos El Greco —Rusiñol había sido el primero en coleccionar cuadros del pintor cretense— y el piano con el que Falla había compuesto parte de *El amor brujo* y *Noches en los jardines de España*.

Sin embargo, al desembocar al otro lado del túnel, una furiosa lluvia de final de verano me disuadió de esa idea. Del aparcamiento a la casa modernista había un buen trecho a pie y no había incluido un paraguas en mi equipaje de campaña. Ni siquiera un triste chubasquero. Tras un verano sahariano, lo último que esperaba era un chaparrón.

Resignado a seguir la autovía hacia el sur, aminoré la marcha y busqué una emisora para poner banda sonora a aquel inicio de aventura pasado por agua. Después de rechazar una propuesta de rap, otra de reguetón y un aria ensordecedora de Wagner, detuve el dial en un especial para nostálgicos de la *new wave* dedicada a Adam & the Ants.

El sonido de la única banda que conocía con dos baterías a la vez me devolvió a mi infancia en California. Recordaba haber acudido a la fiesta de disfraces de un centro mormón ataviado como el cantante, Adam Ant, que vestía con casaca de húsar, pintura de piel roja en la cara y pantalón de cuero.

Un locutor de voz cansada y profesoral explicaba en aquel momento el cambio de fortuna de la banda en 1980 tras una larga travesía del desierto:

«Su gira británica bajo el lema Ants Invasion, es decir: *La invasión de las hormigas*, les permitió grabar para la CBS su LP *Kings of the Wild Frontier*. Cosecharon un enorme éxito que los puso al frente del movimiento New Romantic. Encadenaron varios n.^{os}1 hasta que su single *Antmusic* fue desplazado a la segunda posición de las listas por la reedición de *Imagine*, tras el asesinato de John Lennon. En noviembre de ese mismo año Adam & the Ants editaba su segundo álbum comercial con tanto o más éxito que...»

En este punto abandoné la nostalgia rockera para explorar otras fronteras del dial. No obstante, a medida que me adentraba en el sur de Cataluña iba desapareciendo la diversidad de emisoras. Dos intentos fallidos de escuchar las noticias me hicieron regresar al especial Adam & the Ants, donde el experto locutor estaba a punto de darme un sobre-salto:

«Dos singles de este álbum monopolizaron la tele de la época con sendos videoclips. Seguro que los oyentes aún recuerdan la imagen de Adam Ant aterrizando en un salón, lleno de invitados de época, colgado de una lámpara de araña. De ese mismo disco, *Prince Charming*, pincharemos un tema igualmente barroco pero más «freak»: *Pablo Picasso visita el Planeta de los Simios*.

Estuve a punto de perder el control del coche sobre el asfalto mojado, mientras la inconfundible guitarra de Marco Pirroni marcaba los primeros acordes. Una vez recobrada la calma, presté atención a la letra de aquella canción excéntrica, pues era lo bastante viejo para saber que en todo golpe del azar hay un mensaje entre líneas:

> *As the masters rot on walls*
> *and the angels eat their grapes*
> *I watched Picasso*
> *Pablo Picasso*
> *visit The Planet of the Apes*
>
> *see the Spaniard seek companion*
> *see the Spaniard take it all...*[4]

4. Del inglés, *Mientras los maestros se pudrían en las paredes / y los ángeles se comían las uvas / vi a Picasso / Pablo Picasso / visitar el Planeta de los Simios / Mira cómo el español busca un compañero / Mira cómo el español se lo lleva todo...*

Una figura roja y difusa en la carretera apartó mis sentidos de la canción. Primero pensé que era un efecto de la luz de la tarde, que se filtraba entre los nubarrones iluminando franjas de lluvia.

Reduje la marcha a 40 kilómetros por hora, justo cuando la autovía desplegaba una curva a la derecha.

Entonces la vi.

Pese al temporal, acabé de frenar con el riesgo de ser embestido por atrás debido a la mala visibilidad.

La chica estaba allí, calada bajo la lluvia que golpeaba su impermeable rojo. Me miraba intensamente sin moverse, como si el aguacero hubiera penetrado en sus huesos hasta congelarla.

Abrí la puerta del copiloto mientras miraba alarmado hacia atrás. Un gigantesco tráiler se acercaba centelleando sus faros amarillos para que me hiciera a un lado.

—Bueno, ¿piensas subir o qué? —grité sacando la cabeza al exterior.

Como si mi voz la hubiera arrancado de un profundo letargo, me sorprendió con una rápida carrera hasta el interior del coche, que cerró de un portazo.

Pisé a fondo el pedal cuando el camión ya se nos echaba encima. El Seat Ibiza planeó sobre el agua unos cuantos metros a la deriva antes de que lograra retomar el control.

Suspiré aliviado mientras buscaba de reojo a la autoestopista, influido por la leyenda urbana de la «chica de la curva» que justamente reaparece en el lugar de un viejo accidente.

Tras arrancarse la capucha, la joven copiloto me dirigió una mirada furiosa y dijo:

—¿Dónde te han dado el carné? Conduces como una auténtica mierda.

9

Me quedé mudo por espacio de varios minutos. De no ser por el acento extranjero y el aspecto extraño de aquella chica, habría llevado el coche al arcén para apearla de un puntapié. Pero tenía curiosidad de saber quién era y cómo había llegado hasta allí.

Mientras conducía bajo la tempestad, aproveché que ella miraba por la ventanilla para escanearla de reojo. Tenía el pelo azul —del mismo tono que sus ojos— recogido en dos coletas cortas. Aunque estaba demasiado pálida, la ausencia de arrugas en el rostro revelaba que tendría poco más de 20 años. Un exceso de maquillaje negro lamido por la lluvia le daba un aire trágicamente punk.

—¿De dónde vienes? —le pregunté al fin.

En la curva de la autovía donde la había recogido no había ningún pueblo ni estación de servicio cercanos.

Me fulminó con la mirada antes de responder:

—De Buda.

Se hizo un nuevo silencio que devolvió el protagonismo a la lluvia que intentaba perforar la chapa del viejo Ibiza. Aquella punk disfrazada de caperucita roja no tenía un aire precisamente espiritual, lo cual aún me intrigó más.

—¿Has estado en un centro budista?

—¡No! ¿Me tomas por gilipollas?

Esta reacción insolente fue seguida de una breve carcajada, como si acabara de entender por qué le había hecho aquella pregunta. Se agachó a desabrocharse algo parecido a unas botas militares antes de añadir:

—Vengo de Buda, en Hungría. Una de las dos ciudades que forman la capital: Buda-Pest. ¿Lo pillas?

De no reconocer en ella el tono desafiante de mi hija, me habría deshecho de la autoestopista allí mismo. Esa debilidad iba a ser mi perdición.

Tal vez porque había leído la furia en mi rostro, la copiloto decidió aplacarme con una breve explicación. Supuse que era lo más parecido a la amabilidad de lo que era capaz.

—Como no tengo que trabajar, me dedico a explorar coincidencias. Sigo un hilo que sólo me interesa a mí.

—Ya veo —dije aturdido—. ¿Y qué coincidencia te llevó a Buda de Budapest?

—Estaba tomando una copa en el Buda Bar de Andorra cuando pusieron una versión *lounge* de las Czardas de Monti y até cabos. Al escuchar esa horterada húngara recordé que la capital se llama igual. Era una señal, así que pagué y salí a la carretera a hacer autoestop. Monté en diez vehículos distintos, entre coches y camiones, hasta llegar a Buda. El regreso ha sido mucho más fácil.

Nos acercábamos a Móra d'Ebre, una pequeña ciudad al sur de Cataluña, y aún desconocía el destino de la autoestopista, que de repente tenía ganas de hablar.

—¿Sabes que nadie conoce exactamente de dónde viene el nombre de la capital de Hungría? Hay tres teorías: una es que se llama así en honor a un hermano de Atila, otra que viene del término eslavo *buda*, que significa «cabaña», aunque también podría ser un derivado de *voda*, es decir, «agua», por las termas que existen allí desde la época de los romanos.

—Supongo que ahora vuelves a casa —la interrumpí dando por sentado que había metido a una chiflada en el coche—. ¿Dónde te dejo? En diez kilómetros llegaremos a Móra d'Ebre. ¿Vives por aquí?

—¡Qué va! Tengo mi casa en Cadaqués, pero estoy harta de aquello. Además, aún me queda hilo por recorrer. He descubierto un tercer Buda, después del bar de Andorra y de la capital de Hungría.

—Pero... no puedes pasarte la vida cazando budas —dije sintiendo compasión por ella—. ¿Y tus padres, qué dicen?

—Nada. Viven en Suiza y tienen suficiente dinero para que siempre haya algo en mi cuenta corriente. Saben que así estaré lejos de casa, donde sólo les creo problemas.

—¿Y no trabajas ni vas a la universidad?

—Ya te he dicho que no necesito trabajar. Gasto poco y viajo siempre en autoestop. No me interesa la universidad: sólo quiero viajar hasta donde me lleven las señales. La mía es una vida tan absurda como cualquier otra.

Estábamos llegando a Móra d'Ebre. Según el mapa, allí debía tomar la carretera que llevaba a Horta de Sant Joan, a algo menos de una hora de camino.

—Puedo dejarte en la próxima gasolinera.

—¡No, por favor! —exclamó en un tono súbitamente infantil—. Ahora que nos hemos hecho amigos quiero seguir contigo. ¿Puedes llevarme a la isla de Buda?

Tuve que contener un ataque de risa mientras maniobraba por una rotonda buscando la salida correcta.

—¿Dónde está eso? —pregunté—. ¿En un mar oculto entre los Himalayas?

—No, bobo. Es una isla del delta del Ebro. Tienes que tomar la carretera a Tortosa y desde allí seguir hasta el puerto de Deltebre, de donde salen los cruceros a Buda.

Mientras daba instrucciones, había apoyado sus pies desnudos —llevaba las uñas pintadas de azul— sobre el salpicadero del coche. Ingrid habría hecho lo mismo de estar a mi lado. La diferencia era que se trataba de una perfecta extraña que, al parecer, no carburaba bien.

Por fortuna, había dejado de llover.

Detuve el coche en un camino de tierra que partía de la rotonda y le anuncié:

—Voy en otra dirección. Tendrás que volver a hacer autoestop. Si has podido venir desde Hungría, seguro que alguien te llevará hasta la isla.

—Ni hablar —repuso sin sacar los pies del salpicadero—. Quiero que me lleves tú. Vamos, arranca el coche.

Asombrado de que una niñata me diera órdenes, medité un instante cómo la expulsaría del vehículo. Empezaba a entender que no se iría por las buenas.

Antes de que hiciera nada, el polizón de coletas azules tomó la iniciativa:

—Debajo de este chubasquero llevo un vestido bastante sexy. Todos los tíos dicen que me queda bien. ¿Quieres verlo?

—Baja del coche ahora mismo.

—Lo haré si me da la gana, pero antes tienes que ver el modelito. Lo compré en Candem Town.

Como si tuviera todo el tiempo del mundo, bajó lentamente la cremallera del chubasquero hasta descubrir un vestido corto de cuero. Estaba decorado con arañas grabadas en oro.

—Ya lo he visto, ahora lárgate —le ordené.

—Espera, aún te falta lo mejor. Si quieres que salga del coche, tendrás que adivinar lo que hay debajo de mis bragas, que también son negras.

—No hay nada que averiguar —dije manteniendo la calma en aquella guerra de nervios—. A no ser que seas un travesti que aún ahorra para pagarse la operación.

—Eso sería *cool*, pero yo tengo algo bastante mejor.

Acto seguido se introdujo la mano bajo la falda del vestido, como Nina Hagen cuando fue expulsada de la DDR al masturbarse en un programa de televisión.

Antes de que saliera de mi asombro, la niñata sacó un revolver de cañón corto y apuntó a mi entrepierna. Un inconfundible sonido metálico reveló que había quitado el seguro.

—Arranca el motor y haz exactamente lo que te digo o te frío los huevos.

10

Mientras conducía por las carreteras encharcadas, tuve la sensación de hallarme dentro de un sueño gore. Estaba en manos de una secuestradora que se había permitido el lujo de presentarse, como si mi destino hiciera indiferente que conociera su identidad.

Se hacía llamar Lorelei y tenía 22 años. Sin dejar de encañonarme, comentó que le recordaba a un amante que había tenido su hermana.

—Aunque tú pareces bastante más tonto —añadió—. ¿No te dijeron tus papis que no hay que abrir la puerta a desconocidos? Sobre todo en una curva bajo la lluvia.

A mis 42 años, había pasado por suficientes calamidades para entender que estaba a merced de una psicópata. Era muy posible que ni siquiera hubiera decidido qué iba a hacer conmigo, así que mi única arma era no mostrarme nervioso. Sólo si lograba un estado de distensión e indiferencia equivalente al suyo estaríamos en igualdad de oportunidades.

—¿Por qué llevas un revolver tan corto?

—Porque si fuera más largo no me cabría debajo de las bragas, pedazo de imbécil.

—Cuanto más corto es el cañón, menor es la puntería —repuse sin ceder a la provocación—. Ésa es una ley básica de la balística.

—Correcto, pero te estoy apuntando con un Smith & Wesson del calibre 38. Es una buena arma. Además, por muy corto que sea el revólver, eso da igual cuando el objetivo está tan cerca. ¿Quieres un chicle?

Aquella pregunta me descolocó aún más. Abrí la palma derecha mientras Lorelei quitaba el papel a un chicle azul de grandes dimensiones. Tras dejarlo caer sobre mi mano, se metió uno en la boca. Segundos después hinchaba un globo azul hasta hacerlo estallar.

Estuve tentado de arrebatarle el revólver mientras hinchaba el siguiente globo, cosa que le entorpecía la visión. Pero la posibilidad de que me estuviera poniendo a prueba me frenó. Decidí seguir explorando la vía de la distensión:

—Cuando lleguemos a la isla de Buda, ¿me vas a robar el dinero? —dije pensando en los mil euros que había puesto en mi cartera—. Supongo que te dará igual, pero dentro de dos semanas tengo que pagar el colegio de mi hija.

—No me cuentes tu vida. Y ya te he dicho que no necesito pasta. Tengo más que suficiente.

—Entonces me pegarás un tiro para que no te denuncie. Una punk suiza que va asaltando coches con un revólver es un caso entretenido para la policía.

Lorelei me miró con sorna mientras con la mano libre se rascaba una rodilla demasiado blanca. Luego reventó un globo de chicle y respondió:

—Nunca harías eso. La única manera de que entres en una comisaría es que la poli te eche el guante. Razones no les faltarían.

—¿Por qué lo dices? —pregunté, molesto, olvidando por primera vez que me estaban encañonando.

—Porque tienes toda la pinta de ser un pringado. Vas en un coche de mierda, con la ITV a punto de caducar y menos gasolina que un mechero. Más vale que paremos a repostar si no quieres que nos quedemos tirados a las primeras de cambio.

—Es una buena idea —dije mientras me hacía un cuadro de la situación.

Resultaba obvio que sería difícil mantener el secuestro en una gasolinera. Uno de los dos tendría que salir a llenar el tanque. Incluso en el caso de que hubiera un operario, alguien saldría a pagar, con lo que yo dejaría de estar a tiro.

Saber que aquella situación grotesca estaba a punto de terminar hizo que me relajara aún más.

—¿Quién demonios vive en la isla de Buda?

—Sólo los pájaros, ahí esta la gracia. La isla se encuentra entre el delta del Ebro y el mar, por lo que es una escala vital para miles de aves migratorias. Hay algo así como cincuenta mil patos viviendo entre las palmeras. Debe de ser un paraíso.

—¿Cómo es que sabes tantas cosas de esa isla? —pregunté mientras un rótulo anunciaba la proximidad de la estación de servicio—. Nunca había oído hablar de ella antes.

—Yo tampoco. La descubrí en Budapest mientras investigaba sobre el nombre. Tengo en mi sifón la web de la isla y todo.

—¿Tu sifón? ¿Qué diablos es eso?

Como toda respuesta, Lorelei sacó de su bolsa tejana un iPhone de última generación. Entendí que «sifón» era el nombre que recibía el aparatito de Apple entre los usuarios jóvenes.

—¿Quieres que te lea sobre la isla? —preguntó con repentina ingenuidad.

—Sólo si dejas de apuntarme.

Contra todo pronóstico, Lorelei cedió a mi petición y dejó la pistola sobre su regazo. Luego encendió la pantalla de su móvil. Aunque corría el riesgo de perder el control del vehículo, tenía ante mí la oportunidad de arrebatarle el arma. No obstante, un inexplicable sentimiento de ternura —quizá fuera el síndrome de Estocolmo— me hizo esperar a que llegáramos a la gasolinera.

La suiza leyó como una estudiante aplicada:

—En Buda se encuentran aves muy raras como el avetoro o la garceta grande, una especie procedente de Siberia que nidifica allí desde hace poco. Con seis kilómetros de longitud, es la isla más grande de Cataluña, aunque ya nadie vive allí.

Mientras giraba suavemente el volante para entrar en la gasolinera, observé de reojo la Smith & Wesson del 38. Aún estaba sobre el regazo de Lorelei, que seguía navegando por la web de la isla de Buda.

Estaba a punto de quitarle la pistola, cuando mi captora la empuñó de repente y dijo:

—Me estoy meando, así que tendrás que acompañarme al baño.

11

Los lavabos se encontraban en un lateral de la gasolinera. Lorelei me encañonaba discretamente mientras aparentaba pasarme el brazo por la cintura. Podía sentir la fría punta del revólver bajo la camisa.

—Vamos al de hombres —me susurró—. En el de tías es más fácil que se monte un pollo.

El baño estaba desierto a excepción de un viejo que se aclaraba la garganta escandalosamente frente al lavamanos. Tras cerrar la puerta de un estrecho lavabo, oímos cómo soltaba un lapo que debía de tener proporciones monstruosas.

—Qué cerdos que sois —rió ella mientras se bajaba las bragas y se sentaba sobre la taza sin remilgos.

Acto seguido, mientras un fino chorro resonaba en el inodoro, tomó el revólver con ambas manos y me apuntó al estómago. En este punto perdí la paciencia y me dispuse a negociar:

—Deja ya ese juego, Lorelei.

—¿Qué pasa? ¿Te doy asco?

—Me das pena... y no quiero entregarte a la policía. En eso tienes razón, no me gustan las comisarías. ¿Por qué no guardas esa pistola? Prometo llevarte a la isla de Buda sin rechistar. Luego separamos nuestros caminos y nadie sabrá que nos hemos conocido, ¿de acuerdo?

—Tengo que pensarlo —repuso mientras seguía vaciando su depósito, ya con menos fuerza—. ¿Cómo sé que vas a ser legal?

—No puedes saberlo. En esto de la confianza no hay término medio: o confías en alguien o no confías en absoluto. A ti te toca decidir.

Lorelei caviló un rato en silencio, como si estuviera en el salón de una cafetería. La situación era tan estúpida, que por primera vez temí que se le dispararía el revólver y yo encontraría la muerte en el lugar más ruin.

—Ya lo he pensado —concluyó—. Si quieres dejar de ser mi rehén, tienes que prometerme una cosa y hacer otra como prueba de confianza.

—De acuerdo —dije sintiendo que me faltaba el aire en aquel cajón—. Pero habla rápido, quiero salir de aquí.

—Debes prometerme que me acompañarás a la isla de Buda. No puedes irte hasta que la hayamos explorado juntos. Luego cada uno podrá seguir su camino.

—Eso está hecho —levanté la mano en señal de juramento—. Ahora guarda el arma y déjame salir.

—Espera. Aún has de hacer «la cosa» —añadió con mirada obstinada—. Sin moverte de donde estás, quiero que me enseñes lo tuyo.

—¿Cómo?

—Ya me has entendido: muéstrame tu artillería. Estoy harta de que en las películas y en los anuncios siempre tengan que desnudarse las mujeres. Aunque seas un cuarentón a punto de dar risa, vas a pagar prenda. Tómalo como un acto de reparación histórica.

Sofocado como un adolescente que pierde en el *strip poker*, mientras me desabrochaba el cinturón me dije que aquella suiza estaba mucho más volada de lo que había supuesto.

Lorelei contempló con frialdad médica cómo me bajaba a la vez los pantalones y los calzoncillos. Cinco segundos después, bajó el revólver y dijo:

—Vístete, anda. Y espérame fuera mientras me limpio.

Mi primer impulso al cruzar la puerta fue correr hacia el coche para huir a toda prisa.

Sin embargo, fui incapaz de hacerlo. Una estúpida lealtad a la palabra dada, así como la certeza de que aquella petarda cometería una locura si no la vigilaba, me hizo dudar. Antes de que pudiera obedecer lo que dictaba el sentido común, una mano recién lavada tomó la mía para acompañarme hacia el coche.

—He apostado por ti y espero por tu bien que no me falles —me advirtió—. No doy mi confianza a cualquiera.

—Si quieres que confíe en ti, deja de amenazarme.

—Vale. Ahora voy a pagar el depósito.

Me senté al volante con los nervios de punta, como si toda la tensión acumulada se concentrara ahora en mi cabeza.

A su regreso, la niñata volvió a poner los pies sobre el salpicadero. Liberada del trabajo de apuntarme, ahora rebuscaba en el dial alguna emisora con música.

Cuando el Ibiza retomó su quejumbrosa marcha, la copiloto interrumpió una tonada para decir:

—Por cierto, a partir de ahora puedes llamarme Lore.

Pisé el acelerador hasta el fondo con la seguridad de que me estaba metiendo en un lío mayúsculo.

12

La siguiente media hora de nuestra *road movie* particular transcurrió con la placidez que precede a las grandes catástrofes. Lore cantaba los temas que ponían en la radio mientras se retocaba el esmalte de las uñas de los pies. Terminada esta tarea, me apuntó con su «sifón» y empezó a hacerme fotos.

Si tras librarme de ella cometía algún delito, cosa más que probable, cuando la poli la pillara quedaría fichado como cómplice. Aun así, lo asombroso era que yo seguía adelante, seguramente porque no se me ocurría una solución mejor.

Después del enésimo «clic», la fotógrafa compulsiva se cansó y pegó la cara a la ventanilla.

—Estoy enamorada de mi sifón —explicó entre bostezos—, lástima que Steve Jobs me caiga como el culo.

—¿Qué tienes contra el fundador de Apple?

—Es un soberbio, y tengo entendido que sus empleados salen llorando de su despacho. Debe de soltar unas broncas del copón bendito.

—¿Y a ti qué te importa? Ya me has dicho que no tienes intención de trabajar... Eso hasta que te metan en la cárcel por tenencia ilícita de armas. Te veo en un taller de reclusas lavando ropa.

—Ja, ja. Y, para que lo sepas, me preocupa el sufrimiento de alguna gente.

—¿Alguna gente? —repetí mientras tomaba el desvío hacia Deltebre.

—Sólo la necesaria, la que vale la pena. El resto por mí puede arder en el infierno —antes de seguir, me acarició la mejilla con su pie izquierdo—. Por cierto, ¿sabías que cualquier persona del mundo puede escribir un e-mail a Steve Jobs?

—¿De verdad? —gruñí—. Seguro que eres de las que le han escrito. Y no precisamente cosas bonitas.

—Todo el mundo puede hacerlo, porque en la web de Apple viene una dirección con su nombre.

—Y tendrá una legión de asistentes asqueados de contestar a esos correos.

—Fijo, pero todos pasan por su ordenador y leí que Steve Jobs tiene la costumbre de contestar alguno de vez en cuando, casi al azar.

—Curiosa costumbre —apuntillé sin el menor interés por la cuestión.

—En una revista especializada venía una anécdota que me hizo reír. Parece ser que un pardillo escribió un e-mail a Steve Jobs para quejarse de que se le había mojado su Mac-Book y le había pedido trescientos dólares para repararlo. Ese correo fue pescado al vuelo por Jobs, que le contestó algo así: *«Estimado cliente, es bien sabido por todo el mundo que la electrónica y el agua no se llevan bien. Por lo tanto, no quieras volvernos más locos de lo que tú estás. Atentamente, Steve».*

Con esta cháchara dominguera llegamos a Deltebre, desde donde salían los barcos hacia Buda. Aunque eran las seis de la tarde, el sol seguía cayendo a plomo sobre las calles desiertas.

Una punzada en el estómago me recordó que llevaba todo el día sin comer. Sin embargo, ahora mi prioridad era acompañar a Lore a la isla y retomar el rumbo a Horta de inmediato. Empezaba a sentir lástima por ella, razón de más para sacármela de encima cuanto antes.

—No se te ocurra coger la pistola —le pedí en tono paternal—. Déjala en la guantera del coche.

—¿Por qué?

—Si en el puerto hay detectores de armas se va a montar una buena.

Lorelei lanzó una carcajada antes de responder:

—¡Esto no es América, tío! Aquí hasta hace poco aún iban en burro.

—Me da igual —dije con la paciencia agotada—. No pasas desapercibida. Si nos para la policía, no podrás seguir el hilo de las coincidencias durante unos cuantos años.

—No sufras: estoy inscrita en un club de tiro y tengo licencia de armas. Además, el revólver está descargado.

Un sentimiento de humillación, peor del que había vivido en los lavabos, me embargó hasta convertirse en rabia. Tuve que respirar hondo para no patear el trasero de la suiza, que ya pisaba con sus botas militares el camino hacia el puerto.

Se giró hacia mí para ver si la seguía y añadió:

—Que esté descargada no significa que yo no lleve munición, aunque tampoco esperes una gran autonomía de tiro. Este modelo de Smith & Wesson sólo admite cinco proyectiles por cargador. Demasiado hijoputa suelto para tan pocas balas.

Entre estos desvaríos llegamos al puerto de Deltebre, donde había unos cuantos yates amarrados, pero poca actividad humana.

Después de muchas vueltas en balde, detuvimos a un viejo con pipa que parecía salido de un cuadro de marineros. Al preguntarle por los *ferrys* a la isla, enseñó los dientes podridos y dijo:

—El último regresó hace tres horas. Para ir a Buda tendréis que esperar hasta el sábado que viene.

13

Sentado sobre una caja de cervezas, el viejo nos explicó que Buda era un espacio natural protegido al que no se podía entrar sin una autorización especial. La mayoría de cruceros se limitaban a bordear la orilla. Sólo desembarcaban los ornitólogos o los ingenieros agrónomos, puesto que en una parte de la isla aún se cultivaba arroz.

—Pero os puedo contar todo lo que queráis de allí. Conozco cada palmo de ese terruño de la época en la que estaba habitado.

—¿Cuándo fue eso? —preguntó Lorelei muy interesada.

El viejo se acercó el mechero a la boca de la pipa. Hizo crujir el tabaco varias veces antes de iniciar su relato:

—Cuando yo era un crío, en la década de 1950, en la isla de Buda vivían cuarenta familias. Unos doscientos habitantes en total que se dedicaban al cultivo del arroz. Aquello era un vergel y un remanso de tranquilidad. La gente construía sus casas, tenían iglesia, una escuela e incluso un campo de fútbol donde jugaba el equipo local. Recuerdo que celebraban una fiesta mayor, con músicos y todo, y venían muchos mozos de Jesús y María y de La Cava, que así se llamaban entonces los pueblos que hoy forman Deltebre.

—¿Y qué pasó con toda esa gente? —me interesé.

—Con la llegada de arroz barato de Asia, los cultivos dejaron de ser rentables y aquello se fue despoblando. Hoy sólo quedan dos matrimonios mayores en un extremo de la isla y un guarda que vigila que nadie se acerque a la reserva. Esa isla se la han quedado los pájaros.

Lorelei se sentó en el suelo y cruzó las piernas enfundadas en las gruesas botas antes de preguntar:

—Ese guarda... ¿vive ahí?

El viejo le dirigió una mirada acuosa antes de replicar:

—¿Por qué os interesa tanto? Es sólo un pedazo de tierra rodeado de agua. Volved el sábado que viene... Los pájaros aún estarán ahí.

—Estudio etimología de los topónimos —contraatacó ella con un tono falsamente dulce.

La boca abierta y desdentada del viejo indicaba que no sabía de qué le estaban hablando. Aun así, sonrió beatíficamente. Se notaba que disfrutaba de aquel protagonismo. La vida puede ser muy aburrida un domingo por la tarde en Deltebre.

—¿Sabe por qué la isla de Buda se llama así?

Dos crujidos en la pipa revelaron que sí tenía algo que decir sobre aquel tema. Una nube de tabaco aromático veló la boca agrietada del viejo al hablar:

—Hay varias teorías de gente de esa que se rebana los sesos. Según algunos, el nombre se puso tras la llegada de unos marinos de Oriente que habían naufragado. Cuando los rescataron unos arroceros de Tortosa, los náufragos rezaban y repetían todo el rato la palabra «Buda». Otros dicen que el nombre es mucho más antiguo, y vendría del árabe, en el que significa «isla lejana». En fin… si volvéis la semana que viene, preguntad por la casa de Oriol y os enseñaré algo que os gustará.

—Muchas gracias, pero ya no regresaremos —intervine—. De hecho, yo debo marcharme ahora.

Por la expresión contrariada de Lore entendí que no se daba por vencida. Estaba seguro de que intentaría llegar a la isla por cualquier medio. Y al parecer no sólo le interesaba Buda, ya que regaló a Oriol la mejor de sus sonrisas mientras le pedía:

—¿Y no nos podría mostrar esta tarde eso tan curioso que tiene en casa? ¿Es algo que recogió usted de la isla?

En ese momento entendí que Lorelei no estaba tan ida como aparentaba, por muy expeditiva que fuera. Tal vez tuviera cierto desequilibrio, pero no estábamos allí porque hubiera seguido los hilos de las coincidencias. Había un motivo concreto en su interés por todo lo que tenía que ver con la isla de Buda. Eso me inquietó aún más.

Puesto que mi guerra tenía que librarse en otro sitio, había llegado el momento de que nuestros caminos se separaran. Pero antes de que pudiera batirme en retirada, el viejo desdentado aceptó el envite:

—Es tarde, pero os propongo un trato: vosotros compráis un par de botellas de vino y yo os enseño mi tesoro. Tengo un poco de jamón en casa para acompañar el tinto. Espero que no os asustéis por el desorden, pareja. Hace años que no tengo invitados.

Aquella invitación abortó cualquier intento de salida por mi parte, más aún cuando Lorelei me había tomado la mano para seguir al anfitrión. Representaba a la perfección el papel de novia extravagante de un hombre al que se le ha escapado el último tren de la normalidad.

—Esto no es lo pactado —le susurré mientras torcíamos por una calle estrecha y oscura—. Me comprometí a acompañarte a la isla. Puesto que no se puede ir, aquí acaba nuestro consorcio.

—¿Crees que por un solo vigilante dejaré de ir a Buda? —dijo en un tono repentinamente serio—. Si tienes miedo, no me acompañes, pero necesito que me entretengas al viejo. Espera a que yo desaparezca, ¿vale? Entonces podrás irte a Horta o adonde te dé la gana.

Alarmado, la agarré por el brazo y me fulminó con su mirada azul.

—¿Cómo sabes adónde voy?

—Tienes una guía de viajes en la guantera con el punto en Horta de Sant Joan, pero a mí eso me trae sin cuidado. Limítate a cumplir esta noche y te librarás de mí.

14

Por el módico precio de dieciséis euros nos hicimos con dos botellas de tinto en el único restaurante abierto ese domingo. El sol ya declinaba cuando entramos en la planta baja que Oriol compartía con una montaña de recuerdos.

No quedaba un solo trozo de pared sin cubrir. Había decenas de fotografías enmarcadas: marinos con la piel quemada por el sol asomaban entre estampas descoloridas de barcos grandes y pequeños.

—¿Son compañeros de trabajo? —pregunté al anfitrión, que cortaba en la cocina un pan de payés.

—De algún modo sí, aunque nunca me ha gustado navegar. Me mareo con facilidad, ¿sabes? Trabajé mucho tiempo como técnico de faros. Hacía una ruta de mantenimiento por todo el litoral. Revisaba los circuitos, cambiaba las linternas fundidas, todas esas cosas... Ya entonces los faros operaban sin inquilino, y dependían de mí para su buen funcionamiento. Todos esos chicos que veis son marineros agradecidos. Más de uno aseguraba que el mimo con el que yo cuidaba los faros les había salvado la vida. Como siempre he sido un tipo solitario, me mandaban fotos y postales de sus embarcaciones para que me sintiera acompañado.

Mientras llevaba a la mesa un plato grande de pan con tomate y otro con jamón loncheado, me dije que aquel hombre era entrañable. Acto seguido, miré a Lorelei, que contemplaba con extraña fijeza cada uno de los retratos.

No sabía cuáles eran sus intenciones, pero decidí no quitarle el ojo de encima por lo que pudiera pasarle al viejo.

Descorchamos la primera botella y nos sentamos los tres alrededor de la mesa, que Oriol bendijo con los ojos cerrados antes de permitirnos tocar el pan con jamón. Después del «Amén», sonrió abiertamente y nos llenó los vasos de vino con generosidad.

Aún no había hincado el diente a la primera rebanada, cuando Lore lanzó la cuestión mientras enderezaba sus coletas azules:

—¿Cuál es ese tesoro que tienes que enseñarnos?

—Bueno... —sonrió el anfitrión, a quien no parecía sorprenderle el aspecto de la chica— es algo que cualquier estudioso puede consultar, pero por alguna extraña razón no se habla nunca de ello. Me refiero al faro de Buda. Claro que la gente se olvida con facilidad de los desaparecidos...

Los ojos azules de Lorelei brillaron extrañamente antes de intervenir:

—¿Cómo? ¿Hay un faro en Buda?

—Lo hubo. Y no sólo eso, era el más alto del mundo en su época. ¿A que no lo sabíais?

Oriol volvió a llenar los vasos antes de entrar en tema. Estaba exultante. La suiza bebió un buen trago y apoyó los codos sobre la mesa a la espera del relato.

—Durante siglos, el delta del Ebro fue una costa muy temida por los marinos. Es una zona arenosa, con lodos en constante movimiento que provocaban muchos embarrancamientos y naufragios, como el del barco de Oriente del que os he hablado esta tarde. Al ser un territorio plano y despoblado, de noche se confundía con el mar. Por eso a los navegantes les temblaban las rodillas hasta que no veían aparecer las luces de Tarragona por la popa.

—Jamás había oído hablar de eso —dije impresionado por mi ignorancia.

—Se menciona mucho el cabo de Hornos y con razón —prosiguió el farero—, pero este trozo de costa era conocido como «el litoral de la muerte» por la cantidad de barcos y hombres que la palmaban. Este fondo marino es un enorme cementerio. No es de extrañar que las tripulaciones tuvieran miedo al pasar por aquí... Cuando una nave quedaba atrapada por la arena y el fango del Delta, ya no lograba soltarse y era engullida por la tierra bajo el mar.

—Por eso construyeron el faro —intervino Lorelei, que tragaba vino a una velocidad preocupante.

—Eso mismo, en 1864 se erigieron tres faros. Uno de ellos, el de la isla de Buda, llegó a ser el faro de hierro más alto del mundo. Superaba en siete metros a uno de Florida que hasta entonces tenía el primer lugar. ¿Queréis verlo?

Sin esperar nuestra respuesta, Oriol se levantó trabajosamente de la mesa —el alcohol empezaba a hacer mella— y rebuscó en una estantería llena de papeles y pliegos amarillentos. Estuvo levantando polvo un buen rato hasta encontrar una fina carpeta, de la que extrajo con sumo cuidado un documento de letra minúscula con una ilustración grapada.

—Éste es el tesoro, amigos.

EL MAYOR FARO DEL MUNDO

A mediados del siglo xix, en el plan general del alumbrado marítimo se indicaba que en la costa próxima a la desembocadura del Ebro eran necesarias tres luces diferentes, una de ellas con eclipses de minuto en minuto en la isla de Buda.

Este faro era de alta importancia para la navegación, ya que el idílico delta actual era en aquel entonces una zona sin prácticamente ninguna infraestructura ni medios de comunicación, y sólo podía accederse a ella mediante pequeñas embarcaciones que transitaban por el río.

La supervivencia del ser humano no era fácil, ya que enfermedades y plagas afectaban a la zona y eran de difícil extirpación en aquellos momentos.

En el año 1864 se logró levantar el faro de la isla de Buda, a un cable de distancia del Cabo de Tortosa. La torre era de hierro, de figura cilíndrica y pintada de color perla claro. La linterna era verde y la cúpula blanca. Ocupaba el centro de la habitación de los torreros, estaba a gran altura sobre el nivel del mar y ofrecía a la vista del navegante una amplia perspectiva del horizonte marino.

Tenía una elevación sobre el terreno de 51,5 metros —el faro de hierro más alto del mundo— y un alcance de 20 millas. Pesó 187 toneladas y tuvo un coste de 388.800 reales de vellón, sin contar ni la linterna ni el aparato. Estos últimos añadieron 187.257 reales más al total.

Comenzó funcionando, como casi todos los de su época, con una lámpara de aceite de oliva marca Degrand, y una óptica de la casa inglesa Chance Brothers. Posteriormente se la dotó de lámpara de petróleo a presión por incandescencia Chance 85.

Estaba servido por tres torreros.

EXTRACTO DE LA PUBLICACIÓN «*VIDA MARÍTIMA*»

Yo no había entendido gran cosa de las especificaciones técnicas, pero me sorprendía que en aquel lugar olvidado hubiera existido el faro más alto del mundo.

Nuestro anfitrión suspiró con melancolía antes de concluir:

—El faro de Buda se lo tragó el mar en 1960, como uno de esos barcos naufragados. Los que vieron la catástrofe dicen que el monstruo de hierro rugió al ser engullido por la tierra. Aún se puede ver la punta si os adentráis una milla mar adentro, pero no os lo aconsejo.

15

Entre relatos de marinería y curiosidades varias, a las dos de la madrugada habían caído las dos botellas de vino y varios vasitos de licor amargo. Al advertir la hora que era, me levanté de la mesa y me di cuenta de que no lograría conducir en aquel estado.

La opción más razonable era dormir la mona en el coche, pero el anfitrión se escandalizó ante esa idea.

—Es peligroso pasar la noche ahí. Últimamente este puerto se ha llenado de vándalos. Te arriesgas a que te rompan un cristal y te pongan un cuchillo en el cuello.

En mi cabeza se apareció la Smith & Wesson de mi acompañante. Supuse que estaba en la bolsa tejana que ahora colgaba de un perchero. Afortunadamente, su dueña dormía a pierna suelta sobre el sofá más bajo que había visto en mi vida. Era como si, tras décadas de sentarse ante el televisor, los almohadones de asiento estuvieran a punto de tocar suelo.

—Puedes dormir en mi habitación —dijo Oriol señalando una puerta al lado de la cocina—. Voy a tenderme en la azotea.

—No, por favor —intervine—. Ya subiré yo.

—Ni hablar, sois mis invitados y aquí os quedáis.

A continuación tomó el almohadón de una silla y, ya en la puerta, me recomendó entre bostezos:

—Sácale las botas a la chica o se le fundirán los pies. Esta noche no aflojará el calor.

Cuando se cerró la puerta, me dirigí con cautela hacia la extraña durmiente. Hacía menos de media hora que se había tendido y ya roncaba como una condenada.

Mientras desabrochaba la primera bota de soldado, calculé que sólo tenía siete años más que mi hija y ya era carne de cañón, aunque Ingrid no le andaba a la zaga.

Bajo el cuero apareció un pie enfundado en un calcetín de rayas azules, del tono exacto de su pelo. Con la sensación de estar desnudando a la mujer-payaso, agilicé la maniobra con la segunda bota. En un acto reflejo, Lorelei agitó suavemente los pies como si estuviera buceando, tal vez en busca de un tesoro enterrado en la costa de la muerte.

La contemplé unos segundos antes de ir a mi habitación. Las piernas demasiado blancas bajo el vestido corto de cuero la hacían parecer una muñeca desvencijada. Ni siquiera las arañas del estampado lograban darle un aire amenazador.

Con mi tristeza a rastras, fui al cuarto que me había asignado el anfitrión.

Sólo abrir la puerta me asaltó un olor a viejuno que tiraba para atrás. Era como si aquello no se hubiera aireado desde la última fiesta mayor de Buda. La atmósfera enmohecida y polvorienta me hizo estornudar dos veces mientras buscaba el interruptor de la luz.

Finalmente me di por vencido y me dejé caer sobre la cama arrimada a la pared. El tenue resplandor de la luna no permitía distinguir si las sábanas estaban limpias, lo cual era toda una ventaja. Con un rápido movimiento de pies me desprendí de los zapatos.

Estaba tan borracho que ni siquiera sentía calor.

En mi duermevela vi cómo el gigante de hierro se hundía en el mar con un alarido monstruoso. A punto de descolgarme de la conciencia, un chirrido menor pero más cercano me retuvo en la vigilia.

Abrí los ojos con esfuerzo y ahí estaba. A través de la puerta abierta distinguí la silueta de una joven de corta estatura y coletas tiesas. Se había detenido en el umbral, como si no estuviera segura de lo que iba a hacer.

Conteniendo la respiración, agucé la mirada hasta sus manos para ver si llevaba la pistola. Sus dedos abiertos revelaron que seguía a buen recaudo. Me tranquilicé sólo a medias, porque mientras Lorelei se acercaba entendí que no tenía la menor idea de lo que podía suceder.

Había salido a primera hora de la tarde con destino a Horta de Sant Joan y ahora me encontraba en el cuartucho de un farero retirado, con una psicópata juvenil en la oscuridad.

Se detuvo a los pies de la cama. En la penumbra pude ver cómo se deshacía las coletas con parsimonia. Tras dejar las gomas sobre una silla, se desenfundó los calcetines antes de tenderse con su vestido de cuero.

La cama era demasiado pequeña para fingir que estaba dormido, así que me hice a un lado y le pregunté:

—¿Qué le pasa al sofá?

—Huele a perro muerto.

Lorelei se había tumbado boca arriba. Sus ojos parecían indagar en las imperfecciones de un techo donde no debían de faltar las telas de araña.

Arrimado al borde de la cama, respondí:

—Esto no huele mucho mejor.

—Tienes razón, pero el asco compartido es menos asco, ¿no te parece? O al menos resulta más divertido.

Aquello empezaba a parecer una fiesta de pijama organizada por *boy scouts*, así que concluí:

—Deberías dormir. Tal vez Oriol te ayude mañana a llegar a la isla.

—No necesito a Oriol para ir a Buda... ni necesito esperar a mañana.

—Puesto que son las tres de la madrugada —argumenté incómodo—, tal vez debas irte ya. ¿Piensas llegar a nado?

—Eso no es asunto tuyo. Y no tengo prisa: hay tiempo.

—Okey.

Cerré los ojos con el deseo de que el amanecer atropellara la noche cuanto antes. Hacía años que mi vida había perdido el rumbo, pero si algo tenía claro era que llevaba demasiadas horas en el lugar equivocado.

Aunque debía mantenerme inmóvil para no rozar a la suiza ni caerme de la cama, una agradable neblina mental empezó a embotarme los sentidos. Justo cuando estaba a punto —por segunda vez— de dormirme, la voz insolente de Lorelei se hizo oír:

—¿Qué te pasa? ¿Eres de los que pierden aceite?

Me giré lentamente hacia ella mientras trataba de interpretar sus palabras.

—Ya lo sé, esa expresión es demasiado difícil para un yanqui. Lo que quiero saber es si eres gay.

—¿Y eso a ti qué te importa? —respondí irritado.

—No te enfades, era sólo curiosidad. Es la primera vez que estoy en la cama con un hombre que no me intenta meter mano. Ya entiendo que eres del otro equipo.

—Aunque no lo fuera, tengo mis motivos para arrimarme al borde de la cama.

—Eso ha sonado gracioso. ¿Cuáles son?

—El primero es que no te conozco de nada. Sólo sé que eres una niñata que va enredando por el mundo con una pistola descargada.

—Segundo motivo —dijo, excitada por el juego, mientras introducía su mano bajo mi camisa.

Respiré hondo mientras su palma recorría muy lentamente mi vientre y empezaba a rondar el límite de los slips.

—Te doblo la edad. Estás más cerca de mi hija que de cualquier mujer con la que pueda estar sin avergonzarme.

Sorprendido por mi propio ataque de moralidad, aproveché para apartar su mano cuando estaba a punto de atrapar mi miembro.

—El tercer motivo —añadí— es que estás como una puta cabra. No me extrañaría que me estrangularas justo después del orgasmo.

—¿Rollo mantis religiosa?

—Algo así.

—Bien.

Calló unos segundos mientras yo le asía la mano que había andado de exploración. Estaba totalmente desvelado. Incluso la borrachera se había desvanecido y empezaba a ser sustituida por un fuerte dolor de cabeza.

—¿Por qué dices «bien»?

—Me gusta que me tengan miedo. Es el mejor halago que me podrías haber hecho. La gente sólo respeta cuando teme las consecuencias. Como dijo Maquiavelo, raramente alguien es amado y temido a la vez. Por eso, si debes elegir, siempre es mejor ser temido que amado.

—Ya veo, por eso te hiciste con un revólver.

Lorelei tiró de mi mano y la llevó a uno de sus pechos, que era bastante más consistente que el sofá donde se había echado. Antes de liberarme, pude contabilizar tres latidos extraordinariamente lentos.

—Bueno, de hecho ésa es la más inofensiva de mis armas.

16

La radiación solar me despertó como un latigazo. Entrecerré los ojos, herido por la luz blanca que reverberaba en las paredes mostrando lo que había velado la oscuridad.

Estaba solo en la cama. Dos gomas de pelo sobre la silla, que tomé a modo de muñequeras, revelaban que la insólita escena nocturna no había sido un delirio provocado por el alcohol.

Me incorporé con un sentimiento de zozobra. La cabeza me daba vueltas y la acidez del estómago me corroía por dentro. Empapado de sudor frío, pasé revista al lugar donde había dormido. Para mi asombro, vi que las paredes estaban cubiertas de fotografías de mujeres desnudas. La poca calidad de los retratos indicaba que habían sido tomados por el propio Oriol en aquella misma habitación.

Como un putero de la *belle époque*, entendí que tenía preferencia por las damas entradas en carnes.

Tras calzarme los zapatos, me arrastré hasta el comedor mientras recordaba las provocaciones de Lorelei la noche anterior. Casi deseé encontrarla nuevamente en el sofá a ras de suelo. Me resultaba inquietante pensar que había salido en plena noche y en aquel estado hacia la isla fantasma.

El salón comedor vacío hizo que la imaginara cortando las amarras de alguna embarcación a remo para guiarla, a golpe de obstinación, hacia su destino.

Decidido a poner punto final a aquel episodio bizarro, sólo quedaba despedirme del anfitrión antes de volver a la carretera. En un viejo reloj de pared vi que eran poco más de las ocho de la mañana, así que supuse que Oriol aún dormía en la azotea.

Salí a la calle, donde aquel lunes por la mañana había un trajín considerable. Junto a los bajos encontré abierto el portal de la escalera.

Mi aparato digestivo se revolucionó mientras subía los peldaños encajonados en un espacio estrecho y mohoso. Llegué cubierto de sudor a la azotea, que no tenía puerta y estaba ligeramente inclinada para ayudar a bajar las aguas. El azote del calor matinal auguraba que el verano aún tardaría en rendirse.

Allí estaba Oriol. Tumbado sobre una esterilla de playa, su brazo izquierdo se extendía extrañamente, como si hubiera intentado cazar una mariposa durante el sueño.

—Me voy —dije alzando la voz para despertarle.

Pero no se movió.

Valorando la posibilidad de largarme sin más, dirigí los ojos al mar y a la isla de Buda. El espeso manto de árboles, entre los que había palmeras, la hacía parecer un pulmón verde entre el agua y las tierras abrasadas por el sol.

Devolví la mirada al viejo, que tenía dos moscas pegadas a la frente y una tercera que ascendía por una grieta de su mejilla. Las espanté de un manotazo y me agaché junto a él.

—¿Se encuentra bien?

Al no obtener respuesta, traté de espabilarlo con dos suaves cachetes en la mandíbula. Pese al bochorno, estaba frío como una piedra.

Había muerto.

Me puse nuevamente en pie y busqué entre la espesura de Buda una figura azul y negra con las piernas blancas, aunque la isla estuviera demasiado lejos para poder apreciarla.

En el corto intervalo de distracción, las moscas habían vuelto a su presa con efectivos redoblados. Entendí que no estaba invitado a aquella fiesta. Pensé en Ingrid, y decidí huir antes de que el cadáver de Oriol me estallara en la cara.

SEGUNDA PARTE

El museo invisible

17

Una brisa sofocante barría las calles de Horta de Sant Joan cuando llegué al mediodía. Aunque el viaje había sido corto, mientras buscaba alojamiento tuve la sensación de haber cambiado de país o incluso de continente.

Visto desde la lejanía, el pueblo parecía un cúmulo de casas al más puro estilo cubista. No más de 1.200 almas —la mitad que en los tiempos de Picasso— ocupaban una suave colina junto a la montaña de Santa Bárbara. Al fondo, tres macizos bloques de piedra cortados en seco, las Rocas de Benet, parecían trasplantados de la orografía de Colorado.

Si apuraba el tiempo que me había dado Steiner, pasaría siete noches —con sus correspondientes días— en aquel pueblo remoto. Era un detalle a considerar, puesto que disponía de apenas 1.500 euros y septiembre ya llamaba a la puerta con sus innumerables facturas. No tenía esperanza alguna de capturar el secreto de Picasso y con él los 300.000 euros. Lo más prudente era pues reducir al máximo los gastos mientras durara el trabajo.

Tras aparcar el coche en la entrada del pueblo, me dediqué a explorar las posibilidades de alojamiento. Enseguida descarté un caro hotel rural de las afueras. Las otras opciones eran dos hostales-restaurante de precio razonable por noche, pero multiplicado por siete excedía mi presupuesto.

Finalmente di con mis huesos en una habitación de alquiler a razón de 200 euros por semana. Se encontraba en una casa sobre la plaza que era el centro neurálgico de Horta. Antes de entregarme la llave, la dueña me hizo pagar por adelantado. Sólo entonces me advirtió que debido a las obras no tendría agua caliente.

Ocuparía la única habitación reformada, con ventana sobre uno de los cafés de la plaza. El resto de habitaciones de la primera planta estaban por terminar, mientras que los bajos ejercían de almacén de sacos de cemento, botes de pintura y herramientas varias.

Entendí que el embate de la crisis había interrumpido las obras, como había sucedido en tantos otros proyectos hoteleros. La buena noticia para mí era que no compartiría la casa con nadie. Tenía una cama doble, una mesa que bailaba y un pequeño baño con plato de ducha. No necesitaba más.

Tras la disparatada aventura con Lorelei, aquella intimidad era mano de santo. Tumbado en la cama me di cuenta de que evitaba pensar en Oriol. Si esa azotea estaba poco concurrida, lo más probable era que las moscas alargaran su banquete durante días, con la inestimable colaboración de las larvas que ya debían de estar devorando al farero por dentro.

Haber dejado el cadáver de mi anfitrión a su suerte me hacía sentir culpable. Al mismo tiempo, era consciente de que comunicar el hallazgo me habría obligado a dar demasiados detalles a la policía. Aunque no presentaba herida de bala, no podía descartar que lo hubiese liquidado Lorelei por algún motivo que se me escapaba. Y aunque no fuera así, yo había sido visto en el puerto con ella: una punk armada con un revólver que tenía la intención de llegar ilegalmente a la isla de Buda.

En definitiva, el cóctel de ingredientes prometía una borrachera que tendría su resaca en la cárcel.

Consolado con mi propia justificación, decidí aparcar de momento ese tema y leer un poco. Llevaba en mi bolsa todos los artículos que había podido conseguir sobre la estancia de Picasso en Horta. Constituía un punto de partida como otro cualquiera para el viaje a ninguna parte en el que me había embarcado.

Me sumergí en la lectura de un artículo de Palau i Fabre —el gran biógrafo del pintor— editado en 1975 como parte del libro *Picasso en Cataluña.*

Explicaba que Pablo había conocido a Manuel Pallarès, oriundo de Horta de Sant Joan y seis años mayor que él, en la clase de anatomía pictórica. Aunque eran muy distintos entre sí, trabaron una amistad que duraría toda la vida.

Cuando se aburrían, Pallarès y Picasso —éste tenía sólo trece años entonces— se dedicaban a tirar piedrecitas a los transeúntes desde un tejado de la calle de la Plata, en la Barcelona vieja.

La amistad entre ellos se afianzó para siempre a partir de junio de 1898. Pablo tenía dieciséis años y había contraído la escarlatina en Madrid. Las secuelas de la enfermedad le habían dejado muy flaco y débil, así que su compinche en La Llotja le convenció de que viniera a pasar una temporada a su pueblo natal. Le aseguró que el aire puro y la cocina de su madre lo restablecerían.

Picasso tomó con su amigo el tren a Tortosa —a cinco largas horas a pie de Horta— dispuesto a pasar una extensa temporada en el sur:

> En la estación les esperaba el hermano mayor de Pallarès, Josep, con una mula que se fueron turnando por el camino.
>
> La casa solariega de los Pallarès estaba situada en la calle de Grau número 11, en la parte más alta de la población, que en aquella época acababa con un castillo o torre.
>
> Pero Pallarès y Picasso no se detuvieron mucho tiempo en el pueblo. Con la entrada del calor solían visitar los alrededores, como el monasterio de San Salvador, al pie de la montaña de Santa Bárbara, a la que ascendieron varias veces. A medio camino, en la ladera, había una cueva en la que se quedaron unos días. Pero este anhelo de vivir en medio de la naturaleza y de huir del calor se tradujo en una larga estancia en otra cueva de Els Ports, una región de montañas imponentes, entre las que destacan los Ullals[5] de Morago, de nombre y aspecto sobrecogedor, incrustados allí como en una mandíbula infernal.

---

5. Del catalán, «colmillos».

18

La primera estrella de la noche se abría paso entre el azul que empezaba a teñirse de negro. Con el pliego de papeles sobre el pecho, necesité un buen rato para recordar dónde me encontraba. Una grosera risotada procedente del bar bajo mi ventana me acabó de situar.

Consulté la hora en mi móvil y calculé que había dormido seis horas de un tirón. Eso me hizo sentir más descansado de lo que realmente estaba. Tras saltar de la cama, que era aparatosa e incómoda, puse sobre ella la ropa con la que iba a cambiarme.

El latigazo de agua helada, que parecía brotar de un inesperado glaciar, me acabó de devolver al mundo de los despiertos. Diez minutos después bajaba con mi ordenador portátil a la terraza del café que pondría banda sonora a mis próximos días.

Después de pedir un bocadillo y una cerveza, encendí el ordenador con la esperanza de capturar alguna señal de Wi-Fi. Para mi satisfacción, toda la plaza, y con ello también mi habitación, contaba con conexión a Internet. Pero la fortuna me reservaba un golpe envenenado, ya que lo primero que entró en mi correo fue un e-mail de mi ex mujer:

Irresponsable Leo,

No sé dónde estás ahora mismo, pero me da mucha lástima comprobar que la huida sigue siendo uno de tus deportes favoritos. Tal vez hayas fracasado en todo lo demás, pero puedo asegurarte que en esto eres un auténtico maestro.

Ha sido una suerte que adelantara mi visita, porque no creo que Ingrid hubiera sobrevivido a tu desidia en un momento crucial como en el que se encuentra.

En tu último e-mail me comunicaste que ella había tenido algunos problemas con la policía debido a no sé qué malas compañías que rondaban el Colegio Americano. Esa versión es tan ajustada a los hechos como limitar la hecatombe de Hiroshima al incendio de una cocina.

Te llevaste a nuestra hija porque la querías lejos de la Cienciología y ella te apoyó sin conocimiento de causa.

Los resultados saltan a la vista: Ingrid es una preciosa delincuente que no sólo intentó pegar fuego a una propiedad privada. A través del director del colegio y de la psicóloga, he sabido que la han pillado varias veces consumiendo marihuana en la puerta del centro, que rompió los dientes de un puñetazo a un compañero de su clase y que ya ha pasado por un aborto.

Si crees que eso es "educar en la libertad", como defendiste en el juicio por su custodia, siento decirte que aquí quien está mal de la cabeza eres tú.

Puesto que ha emprendido sin remedio la senda suicida de su padre, este último correo es para decirte que me desentiendo de Ingrid para siempre a partir de ahora. Ya no será necesario que prosiga el contacto entre nosotros.

Por eso puedo decirte, con gran alivio, HASTA NUNCA.

Una mezcla de alarma, indignación y hastío me sacudió mientras borraba el mensaje de la bandeja de entrada. Acto seguido, llamé al móvil de Ingrid. Ya me veía volviendo aquella misma noche a recomponer el desastre, cuando respondió al otro lado de la línea.

Disparé las primeras preguntas:

—¿Dónde estás? ¿Cuándo se fue tu madre?

—Estoy en Mallorca, con Angelica y su familia. Mamá se fue ayer y me ha dado permiso para hacer lo que quiera.

Aquello me calmó un poco. La tal Angelica era lo más salvable entre las amistades de mi hija. Sus padres eran accionistas de una multinacional de dietética y pasaban largas temporadas en Mallorca.

—Es decir, te ha dado permiso para hacer lo que te dé la gana. ¿Qué le has hecho para que se vaya de esta manera?

—Se nota que eres más detective que periodista —bromeó tratando de ser cariñosa—. ¿Cómo sabes tantas cosas sin estar aquí?

—Gracias a un milagro llamado e-mail. También sirve para dar malas noticias. Y ahora ponme con el padre de Angelica.

—¿Por qué? —dijo contrariada.

—Puesto que soy detective, me gusta confirmar las fuentes. Ponme con él.

—No está aquí. Ha salido a cenar con gente de su trabajo.

—Entonces quiero hablar con su madre.

Tras un golpe seco, escuché cómo su voz se alejaba gruñendo «joder». Un minuto después se puso la mujer, que me habló con un tono cercano a la histeria.

—¿El señor Vidal?

—Yo mismo. Quería agradecerle...

—Dejémonos de formalismos. ¿Cuándo piensa regresar?

Aquella pregunta me dejó descolocado. La única vez que había hablado con aquella nueva rica se había mostrado amable.

—En cinco o seis días habré concluido mi trabajo. Pero si mi hija...

—Cinco o seis días será lo máximo que Ingrid permanezca aquí —me volvió a interrumpir—. Es una mala influencia para Angelica.

Al colgar, elevé la mirada al cielo. La estrella solitaria estaba rodeada ahora por decenas de soles tan lejanos como persistentes.

Con ellos como compañía, pedí una segunda cerveza.

19

Tras varios días de sobresaltos, el martes empezó de manera extrañamente apacible. Después de un largo desayuno en un café de la plaza, me dirigí al Centro Picasso, ubicado en un edificio renacentista que había servido de hospital.

Me sorprendió que no hubiera ninguna pintura o boceto original de un pintor que, en total, había pasado casi un año en el pueblo. Las salas estaban bien organizadas, pero todo lo que podía verse eran reproducciones.

Aun así, me entretuve un buen rato leyendo los plafones que explicaban anécdotas e impresiones del primer viaje del pintor. En especial me interesaba su larga estancia en la cueva de Els Ports, donde se había entregado con su amigo a una vida casi troglodita. Según Steiner, *El secreto de Picasso* —el cuadro misterioso que había pintado en su segunda visita— podía hacer referencia a un descubrimiento realizado en aquel entorno rupestre.

Unos pasos irregulares me distrajeron. Un hombre entrado en la cincuentena se acercaba en aquel momento desde el otro extremo de la planta. Iba impecablemente vestido y llevaba el pelo engominado hacia atrás, como un actor de película americana antigua.

—Si precisa de alguna información adicional, tal vez yo pueda dársela. Soy guía voluntario desde que cerró la empresa donde trabajaba. Romeu, para servirle.

—Leo —dije estrechando su mano—. Estoy interesado en los detalles de la primera estancia de Picasso en Horta.

—Aquí se hizo un hombre —empezó parsimonioso; sin duda no era la primera vez que explicaba aquello—. A Pablo le encantaba la gente sencilla y pronto fue indistinguible de cualquier mozo de aquí. Dejó en el armario las ropas de señorito de ciudad y se vistió de pana como un labriego. Llevaba alpargatas y ayudaba a las mujeres a hacer pan de higo. En esta sala puede ver lo que captaba la atención de Picasso: gente del campo, lavanderas, borricos...

Aquel hombre parlanchín me caía bien, así que no tuve reparos en preguntarle directamente lo que me interesaba:

—¿Por qué se fue a la cueva entonces?

—Bueno, Picasso buscaba algo más que una estancia rural entre gente humilde. Tal vez eso le hubiera bastado a su amigo Manuel, que hacía retratos costumbristas, pero él necesitaba aventura, descubrimiento...

—Y decidió buscarlo en una cueva perdida en las montañas.

—Algo así, los dos dejaron el pueblo para vivir como robinsones. Cazaban, encendían hogueras, dormían en el suelo y andaban desnudos por ahí. Esa libertad estuvo a punto de costarle la vida a Picasso. Su compañero de aventuras le agarró del pescuezo cuando estaba a punto de despeñarse por un torrente. Era muy profundo y él no sabía nadar, así que estuvo a las puertas de la muerte.

—Parece imposible que dos chicos pudieran sobrevivir tanto tiempo de lo que cazaban con sus manos.

Romeu se pasó la mano por el cabello lustroso y juntó las manos antes de confesar:

—La verdad es que contaron con algo de ayuda. *Salvadoret*, el hermano pequeño de Manuel Pallarès, les acompañó el primer día con un mulo cargado de provisiones y los lienzos de pintura. La cueva en la que se instalaron era poca cosa, sólo una gran piedra que sobresalía de la montaña para protegerles de la lluvia. Se instalaron allí lo mejor que pudieron. Ellos mismos se hicieron unas camas de espliego y paja. De buena mañana se lavaban en el río con agua helada y por la noche encendían un fuego para cocinar. Entre medio, pasaban el día pintando desde el techo de la cueva.

Mientras le escuchaba admirado, nos paseamos lentamente por las reproducciones de algunos cuadros que yo había visto en el museo de Barcelona. Le pregunté por una pintura de pequeño formato que me había llamado la atención allí, *El mas del Quiquet*, que mostraba una masía de tonos amarillos.

—Desde este lugar, *Salvadoret* les llevaba provisiones en mula de vez en cuando. El pequeño de los Pallarès les traía también noticias del mundo exterior, como el final de la guerra de Cuba.

—Debió de resultar extraño a dos chicos asalvajados que se pasaban el día pintando y encendiendo hogueras.

—No creo que les interesara mucho en aquel momento, pero cuando regresaron a Horta se encontraron con el drama de soldados del pueblo que regresaban malheridos junto a indianos arruinados. Los historiadores dicen que con la pérdida de las colonias empezó la era moderna en España, y poco después el arte rompedor de Picasso. Las cosas suceden cuando tienen que suceder.

Encantado con aquella conversación, me detuve a mirar una reproducción de la cueva, que Picasso había pintado en una tablilla de madera.

—¿Es posible encontrar esa cueva?

—Sólo para quien sepa dónde está —repuso escueto.

Dudé por unos momentos si podía pedirle que me llevara hasta allí, pero me pareció fuera de lugar, puesto que nos acabábamos de conocer. Por otra parte, tampoco estaba seguro de querer salir de excursión con aquel engominado.

Mientras pensaba en todo eso avancé hacia un cuadro que mostraba un adolescente gitano desnudo. Estaba sentado sobre una tarima verde con expresión contrariada.

—¿Y ese chico? ¿Quién era?

—Es una historia fea —dijo Romeu en un tono súbitamente serio—. Si alguien le habla de eso, no se crea nada de nada.

20

Pasé el resto de la mañana dando vueltas por las calles de Horta. Me impresionó el ayuntamiento renacentista, aunque a la plaza la afeaban los coches aparcados bajo los pórticos.

Mientras localizaba con la ayuda de un mapa la casa donde se había alojado Picasso traté de imaginar cómo habría sido la vida de un artista de dieciséis años en aquel lugar recóndito. Según Palau i Fabre, le fascinaban las labores de las gentes del lugar, y a menudo pedía a los artesanos que le enseñaran. Así había aprendido a hacer nudos corredizos, a ensillar caballos o a beber en porrón.

En poco más de una hora terminé el callejeo por la vieja Horta.

Mientras contemplaba el paisaje árido desde un mirador, tuve la certeza de que estaba perdiendo el tiempo miserablemente. Hacía más de cien años de las visitas del pintor, y las familias del lugar conocían sin duda cada rincón de aquel pequeño mundo. ¿Qué podía encontrar un periodista americano con la ayuda de un triste mapa?

Un repentino sentimiento de agobio me empujó a salir de allí, aunque sólo fuera por unas horas.

Mi sufrido Ibiza seguía en su sitio, acumulando polvo y sol erosionador. Me senté frente al volante de lo que parecía un horno crematorio con ruedas. No podía ni respirar. Aceleré con las ventanas bajadas hasta salir en dirección a Arnes, el último pueblo de Cataluña en aquellos mundos de Dios.

Levanté suavemente el pie del pedal al pasar junto a las imponentes Rocas de Benet, tres grandes moles de conglomerado —como Montserrat— que se levantaban de la planicie como gigantes de piedra. Había leído en la guía que la más alta superaba los mil metros. En un día claro, desde allí se podían ver los Pirineos.

El calor infernal hizo que ni siquiera valorara la opción de aparcar entre los olivos para buscar la senda de ascenso. En lugar de eso, seguí adelante sin tener ni idea de adónde me dirigía.

Admiré a mi izquierda el pueblo medieval de Arnes. Mi hija había estado leyendo una novela ambientada allí sobre brujas e inquisidores. El recuerdo de Ingrid, que debía de estar tostando su blanca piel en alguna playa de Mallorca, me hizo sentir repentinamente lejos de todo.

Había entrado en la comunidad de Aragón, donde un cartel anunciaba la población de Valderrobres, cuando me pregunté qué diablos hacía allí.

En medio del desconcierto, mi estómago rugió exigiendo un alimento más sólido que los bocadillos que me habían alimentado los últimos días. Mientras entraba en el casco urbano, me sorprendió la estampa de aquella pequeña ciudad de la que nunca había oído hablar. Detrás de la iglesia monumental, un castillo de aspecto moruno se alzaba sobre un centenar de casas encaramadas sobre el Matarraña, el río que daba nombre a la comarca.

Para evitar caer en un restaurante para turistas, crucé un puente de hierro —parecía sacado de una película bélica— hacia la ciudad moderna, muy bulliciosa a aquella hora del mediodía.

Aparqué junto a un mercado al aire libre. Al fondo de la calle había una gigantesca cafetería de dos plantas. Su moderno diseño acristalado cantaba como una calandria en el centro de Valderrobres.

Antes de buscar un restaurante donde reponer tantas fuerzas gastadas inútilmente, hice un alto en una librería quiosco. Llevaba sólo dos días fuera de casa, pero tenía la sensación de estar desconectado de todo y de todos.

Mientras hacía cola tras un mostrador atiborrado de libros, un pinchazo en la sien me recordó una frase de Pessoa: «Me duele la cabeza y el universo».

Había tomado un periódico nacional y una revista de viajes. Al cobrarme, el librero me dirigió una mirada escrutadora a la que siguió una sonrisa triunfal.

—¿Es usted Leo Vidal?

Asentí, asustado de que el dueño de una librería de Valderrobres me conociera, pero él mismo se encargó de explicar sus fuentes.

—Hay una foto suya en una revista que se publicó hace años. Tenía algo que ver con Montserrat y algún misterio nazi. Como me gustan esa clase de artículos, lo colgué en la pared de mi despacho. Por eso le he reconocido. ¿Busca algo por aquí?

Antes de que pudiera contestar, puso tres volúmenes sobre la prensa que acababa de comprar.

—En ese caso, necesita *Los duendes del Matarraña*. Con este libro de antropología y las dos guías recomendadas puede patearse la comarca como un campeón.

Abducido por una fuerza ajena a mi voluntad, me encontré comprando los tres libros e invitando a comer a Octavio, que así se presentó el librero. Después de echar abajo la persiana metálica, me preguntó dónde tenía el coche, porque quería que fuéramos a un restaurante a las afueras del pueblo. Bajó la voz al decir:

—Voy a contarle algo que nadie más sabe.

21

Octavio Serret era un conversador profesional al que parecía encantarle el trato con los forasteros. Mientras esperábamos la comida, me explicó con entusiasmo que Valderrobres, Horta y un pueblo llamado La Fresneda forman un triángulo isósceles casi perfecto.

—Si dividimos la longitud del lado más largo del triángulo entre la de la base que forma la línea entre La Fresneda y Horta de Sant Joan nos sale el número 1,62, es decir, la proporción áurea.

—¿Y qué repercusiones tiene eso? —pregunté animado por un vino poderoso.

—Ninguna, si te soy sincero. Pero no deja de ser curioso.

Dicho esto, hicimos un brindis interrumpido por su teléfono móvil, que hizo sonar la sintonía de *Star Wars*. Octavio levantó la mano para que le disculpara. Acto seguido inició una fuerte discusión. Por lo que pude entender, un distribuidor había fallado en la entrega de un lote de libros y el autor se encontraría aquella tarde sin nada que firmar en la presentación.

Aproveché aquella ruidosa pausa para hojear *Los duendes del Matarraña*. Entre las curiosidades que su autor, Francisco

Javier Aguirre, contaba sobre la comarca que lindaba con Horta, me llamó la atención esta nota:

La cueva de Refalgarí

El 24 de agosto, fiesta de San Bartolomé, patrón de Beceite, cuando el sol aguarda por los barrancos del Negrell, se puede ver un cuervo que sale entre los matorrales que esconden el nacimiento del río y levantar el vuelo en espiral hasta desaparecer en el firmamento. Al anochecer, cuando la caída del sol es un festín de sonidos, el mismo cuervo baja vertiginosamente en picado y se detiene unos segundos en la boca de la cueva antes de embutirse dentro. Lo sorprendente de este fenómeno, la constatación del cual exige puntualidad y fortuna, es la circunstancia de que cuando el cuervo sale de la cueva sus plumas son intensamente blancas.

Octavio había colgado el teléfono cuando el camarero traía un plato de jamón, lo cual me hizo pensar en el ya lejano Steiner y en el cadáver de Oriol. Aquella mesa formaba el ángulo más bajo de un triángulo que tal vez no tuviera el número áureo, pero revelaba que llevaba tres días comiendo lo mismo.

—¿Sabías que el jamón de Aragón es mejor que el de Jabugo? —intervino el librero—. El pata negra siempre sabe igual, mientras que el nuestro tiene un sabor distinto en cada jamón.

La charla siguió por esos derroteros hasta la llegada del segundo plato, secreto ibérico. Con la tercera copa de vino me atreví a preguntar:

—¿Has estado en la cueva del cuervo?

—No sé de qué me hablas. ¿Qué cuervo?

—Ese que el veinticuatro de agosto entra en una cueva y sale con el plumaje blanco.

Octavio se quedó unos segundos pensativo antes de responder:

—Es posible que eso suceda, cosas más raras se han visto aquí. Lástima que llegas seis días tarde, Leo. Si vuelves el año que viene, iremos a comprobarlo.

—Para entonces espero estar a diez mil kilómetros de aquí. Y no es que no me guste esto, pero desde que dejé California mi vida ha sido un cúmulo de calamidades.

—Seguro que todas ellas te han enseñado algo. ¿Y ahora qué?

—¿Qué de qué? —pregunté ligeramente borracho.

—Dime qué buscas.

—Algo relacionado con Picasso, pero no sé por dónde empezar.

Octavio cortó un trozo de secreto ibérico y lo levantó con el tenedor antes de decir:

—Sigue el consejo del mismo Picasso. Una vez dijo que hay que tener una idea de cuáles son tus planes, pero es mejor que sean vagos. Si uno supiera exactamente lo que va a hacer, ¿para qué hacerlo?

22

La resaca temprana me sumió en un inicio de depresión que amenazaba con agravarse si me encerraba en el cuarto. No tenía ganas de leer artículos de Picasso, ni guías de viajes, ni conocer los expedientes X del Matarraña.

Abandonar Horta y la misión tampoco era una alternativa, puesto que ya no tenía el dinero para devolvérselo a Steiner.

Me encontraba seco de ideas y esperanzas. Había trazado un plan —tan vago como le hubiera gustado a Picasso— de los lugares que era obligado rastrear para cumplir el expediente. La cueva de Els Ports, si llegaba a encontrarla; la masía donde el hermano pequeño de Pallarès iba a buscar provisiones; las casas de Horta donde el pintor había vivido en ambas visitas...

Hasta el momento había centrado todas mis lecturas en la primera visita del genio. Aquella estancia había sido la iniciación a la edad adulta y al arte moderno, pero en la segunda había pintado el cuadro misterioso que me correspondía buscar.

Lo mínimo que podía hacer era un reportaje fotográfico —con la cámara del móvil— de todos los lugares por los que había pasado Picasso. Un montaje un poco apañado con explicaciones sobre lo que eran y lo que son hoy, junto con algunos contactos, tal vez bastaran para justificar ante Steiner el empleo de tres mil euros. Sobre todo si aspiraba a recuperar los gastos de la estancia que estaba recopilando, tique a tique, en mi cartera.

En medio de estas quimeras pasé de largo la plaza de los cafés para no acabar metiéndome en mi habitación de alquiler.

Una señal en el cruce anunciaba dónde se encontraba el Pub Dato. El nombre me pareció lo suficiente insólito para acercarme a husmear y tomar la copa de gracia para matar aquel día.

Eran las once cuando entré en el único local nocturno abierto en aquel pueblo de mil almas. Tras una puerta de madera barnizada que me hizo dudar, pasé a una sala oscura que olía a ambientador. Al otro lado de la barra, un camarero en los huesos se aburría frente a un enorme póster con el *skyline* de Nueva York.

La parroquia del local estaba formada por dos jóvenes, enzarzados en una frenética partida de futbolín, y una mujer de unos sesenta años en la barra. Dejó de hablar con el camarero, que sacaba brillo a una cafetera, para dirigirse a mí con una voz modelada por años de tabaquismo.

—¿De dónde sales tú?

Hice como si no la hubiera oído y pedí un whisky de malta al camarero, que voló hacia el estante de los licores fuertes.

—Sin hielo —puntualicé.

—¿Estás sordo? —insistió la mujer, que llevaba el pelo teñido de naranja—. A mí no me engañas, tú no eres datero.

—¿Datero? ¿Qué diablos es eso?

—Así se llama la clientela que viene al Pub Dato. Tú eres nuevo.

—Estoy aquí de paso —dije tratando de ser amable—. He venido a ver el centro Picasso y me quedaré unos días más a hacer *trekking*.

—Eso está bien. Deberías visitar también lo Parot[6], es el árbol más viejo de Cataluña, el padre de todos los árboles. Ha cumplido dos mil años y tiene un tronco gordísimo. Por cierto, ¿sabes cómo se mide aquí la anchura de un olivo?

Negué con la cabeza, mientras el destilado de malta empezaba a actuar en ella.

—Se mide por chiquillos de escuela. Antiguamente se contaba cuántos niños podían hacer un corro alrededor del árbol para calcular su grosor. El más grande es el Parot, un olivo de dos mil años que aún da frutos.

—Como los del huerto de Getsemaní, donde Jesús se preparó para ser crucificado.

—¿Siguen ahí esos olivos?

—No he estado en Jerusalén, pero un guía de viajes me dijo que son los mismos árboles.

Me dirigió una mirada de admiración antes de increpar a uno de los jugadores de futbolín, porque acababa de meter otra moneda para empezar partida. Entendí que era su madre y quería que el chico se batiera en retirada.

---

6. Del catalán, «padrote».

Aproveché la discusión para acabarme el whisky de un trago y pagar.

—Si vuelves mañana por aquí —me despidió— serás nombrado datero, que es el título nobiliario más elevado que tenemos en Horta.

Ya en la cama, sentí que la fiebre se había adueñado de mí. La mezcla de vino, whisky y conversaciones que no conducían a ninguna parte me habían noqueado.

Afortunadamente, los cafés de la plaza se habían vaciado aquel martes por la noche, así que hundí la cabeza en la almohada bendiciendo el silencio. Hice una respiración profunda antes de caer en el pozo del sueño.

No sé cuánto tiempo estuve buceando por las profundidades que preceden a las películas proyectadas en nuestra mente, en sesión continua, mientras dormimos. Creo que no llegué a vivir ninguna de ellas, porque antes de que eso sucediera dos golpes en la puerta de la calle me devolvieron a la vigilia.

23

La fiebre me hizo pensar que había oído aquello en un delirio entre sueños, pero dos nuevos golpes en el portalón de entrada lo desmintieron.

Llovía.

Taquicárdico perdido, al salir de la cama estuve a punto de tirar la lamparita que me había dejado encendida.

La tormenta se había iniciado durante mi duermevela, lo que hacía más inquietante aún que hubiera alguien allí abajo. La puerta no estaba en la plaza, así que no pude ver por la ventana quién era. Sólo oscuridad y lluvia sobre las sillas y mesas vacías.

Miré la hora en mi móvil: las dos de la madrugada. Con la tercera llamada del visitante nocturno, tomé una barra de hierro olvidada en el pasillo y bajé las escaleras hecho una fiera. Estaba dispuesto a apalear al borracho que se había equivocado de casa. Ésa era mi hipótesis.

Abrí la puerta con la mano izquierda mientras con la derecha blandía mi arma.

La silueta que se perfiló contra la lluvia hizo que la barra se me cayera al suelo. Una mujer alta y esbelta me observaba con expresión desesperada. Por un instante, seguí con la mirada el curso del agua que bajaba por su lacia melena negra hasta el vientre prominente.

Estaba embarazada, calculé que de unos ocho meses.

Adelantó un brazo tembloroso hacia mí mientras gimió:

—Por favor, ayúdeme.

Avergonzado y confundido a la vez, tomé su bolsa y la invité a pasar. La mujer se adentró dos pasos en la planta baja en obras. Luego se detuvo en seco, como si un obstáculo invisible la frenara.

Iba a preguntarle si se encontraba bien cuando se desplomó. Antes de que lograra sujetarla, las piernas le fallaron y cayó de espaldas.

Por fortuna, varias capas de sacos vacíos habían amortiguado el golpe. Instintivamente puse la mano en su vientre y me pareció sentir una patada de su inquilino.

Se me había pasado la borrachera de golpe.

No sabía cómo aquella mujer había llegado a Horta en ese estado en plena noche, pero supuse que la luz en mi ventana la había atraído.

Mi primer impulso fue ir a buscar el coche para llevarla al hospital más cercano. Sin embargo, como si hubiera escuchado mis pensamientos, la embarazada suplicó:

—Por favor, sólo necesito descansar.

Puesto que en la casa de huéspedes la única habitación terminada era la mía, asumí que aquella noche me iba a tocar dormir sobre los sacos vacíos.

La tomé con cuidado por la cintura para intentar que se incorporara, pero la cabeza se le iba hacia atrás como un peso muerto. Con la frente a punto de estallar, hice acopio de fuerzas para levantarla en brazos. La mujer y su futuro bebé tenían un peso más ligero de lo que me había temido, así que logré subir los escalones hacia el primer piso.

Ella se agarraba fuerte a mi cuello mientras musitaba algo que no logré comprender. Me di cuenta, eso sí, de que olía muy bien. Llevaba un perfume caro, lo que hacía más insólita aún su presencia allí.

Resoplando, conseguí llegar hasta la habitación y abrí la puerta de una patada.

Una vez la embarazada estuvo sobre mi cama, se me planteaba un dilema. Mi obligación era sacarle la ropa mojada para que no pillara una pulmonía, pero no me parecía correcto desnudar a una mujer inconsciente.

Finalmente logré un acuerdo conmigo mismo: después de quitarle los zapatos, apagué la luz para desabrocharle el vestido en la penumbra. Tiré de él con cuidado mientras pensaba qué tenía que hacer a continuación.

Su ropa interior no parecía muy mojada, así que simplemente la arropé con un par de sábanas y fui a por una toalla para secarle el pelo. Mientras le levantaba la nuca para restregarle el cuero cabelludo, me pareció percibir una sonrisa en la oscuridad.

Su voz sonó lenta y clara, como si hablara en sueños:

—Es usted bueno.

—Puedes tutearme —dije al despedirme—, pero ahora descansa. Mañana buscaremos un médico.

—No hará falta —respondió con voz débil— ¿Cómo te llamas?

—Leo, ¿y tú?

—Anouk.

—Nunca lo había oído. ¿De dónde viene?

—Creo que de una tribu esquimal. Significa «lobo».

24

Me habían crujido los huesos cuatro horas sobre una cama hecha con sacos vacíos y una manta debajo como todo colchón.

Lo incómodo del lecho me hizo pensar en la cueva de Picasso, junto con un dato patético: me hallaba en el quinto día de investigación —el ecuador— y no tenía absolutamente nada. Nada, excepto lo que no debería tener: una mujer embarazada que había llegado con nocturnidad y alevosía para complicarme más aún las cosas.

Cuando abrió el primer bar fui a buscar dos cafés con leche y unos cruasanes. Dentro de la espiral absurda que parecía gobernar mi vida, aquel acto cotidiano me resultó reconfortante.

Eran poco más de las ocho cuando subí a la habitación. Anouk dormía plácidamente.

La única diferencia desde que la había dejado allí, la noche antes, era que su ropa interior estaba tendida en la ventana. Puesto que se hallaba desnuda bajo las sábanas, pensé en dejar la bandeja en la mesita e irme, pero entonces abrió los ojos. Brillaban grandes y profundos sobre la piel pálida acariciada por sus largos cabellos morenos. Sin duda, la futura madre era toda una belleza.

—¿No desayunas conmigo? —preguntó.

Sentí que pisaba terreno pantanoso. Me senté en una silla a su lado y sorbí un poco de café con leche mientras ella exploraba con la mirada el cielo despejado. Una suave sonrisa iluminó su rostro al decir:

—Ayer me salvaste la vida. Tal vez dos vidas.

—No será tanto: me limité a abrir la puerta. ¿Qué hacías a esas horas por el Big South catalán?

—Es una larga historia —respondió, mientras envuelta en la sábana se llevaba el cruasán a la boca—. ¿Puedo contártelo más tarde?

—Puedes. De hecho, cuando acabes de desayunar, visitaremos un médico en Valderrobres. Es la ciudad más cercana.

—Ya te dije ayer que no será necesario. Estoy bien.

—Olvidas que te desmayaste.

Anouk me miró con curiosidad mientras soplaba para enfriar el café con leche. Aunque parecía estar cómoda conmigo, debía de estar valorando qué diablos hacía yo allí.

—Simplemente estaba agotada. Llevaba horas caminando bajo la lluvia.

Las preguntas se agolpaban en mi cabeza, pero primero debía resolver aquella situación. Tenía que volver cuanto antes a mis tareas de presunto investigador.

—Si te encuentras bien, entonces dime dónde quieres que te lleve. Tengo el coche en las afueras del pueblo. En media hora podemos estar en Tortosa, donde hay estación de tren.

Una sombra de terror se proyectó por unos instantes en su piel reluciente. Luego confesó:

—Una estación es el último lugar donde debería dejarme ver. Es mucho más seguro que me quede aquí.

—¿Por qué? —pregunté alarmado ante la certeza de que los problemas no habían hecho más que empezar.

—Ya te he dicho que llevaba horas caminando bajo la lluvia.

—Lo he oído.

—Sí, pero no me has preguntado por qué.

—Déjame que lo adivine... ¿Se te ha parado el coche en mitad de la carretera y el móvil estaba sin cobertura?

—No tengo carné de conducir y tengo el teléfono apagado desde ayer por la noche. ¿Sabes que te pueden localizar sólo con la señal de tu móvil?

Mis temores se estaban confirmando por momentos, así que decidí coger el toro por los cuernos:

—¿Has cometido un delito? ¿Has atracado una gasolinera o algo así?

—Ojalá fuera eso, pero no. No he cometido ningún delito.

—Entonces no entiendo nada.

Mientras dos diminutos mares de lágrimas temblaban en sus ojos, Anouk agarró mi mano con fuerza. La estrechaba como si yo fuera el último asidero al mundo. Haciendo un gran esfuerzo por no llorar, finalmente declaró:

—He huido.

Mi mente empezó a dibujar nuevos escenarios catastrofistas: vi a Anouk escapando de la cárcel o de un hospital psiquiátrico. Traté de mantener la calma.

—A ver, cuéntame de dónde has huido y veremos qué hacer.

—De dónde no, de quién —repuso mientras un temblor se apoderaba de su cuerpo—. Huyo del padre de mi hijo.

25

Anouk había interrumpido la conversación en este punto y ahora dormía de nuevo en la que había sido mi cama.

Superado por los acontecimientos, bajé al bar Grau con un artículo que llevaba impreso sobre Manuel Pallarès, el anfitrión y amigo del alma de Picasso.

Nacido en Horta, había mostrado desde pequeño buenas dotes para el dibujo. Convenció a su padre para que le inscribiera en la escuela de Bellas Artes de Tortosa, primero, y luego en La Llotja de Barcelona. El primer día de clase del curso 1895-96 se sentó al lado de un malagueño cinco años menor con quien trabó una amistad que se prolongaría setenta y ocho años. De hecho, Pallarès sólo sobreviviría un año a la muerte de Picasso, en cuyo entierro no fue admitido por la viuda.

Los padres de Pablo acogieron con los brazos abiertos a su nuevo amigo, que fue visto como una buena influencia por el dominio que tenía de la pintura académica. Los lazos entre ambas familias se estrecharon tanto que Manuel Pallarès fue ayudante en La Llotja del padre de Picasso, de quien heredó la plaza de profesor tras su jubilación.

En sus años mozos, los dos amigos compartieron el primer estudio, en la calle Mercè, y el primer viaje a París.

Manuel había iniciado a Pablo en los secretos de la Barcelona canalla. Juntos frecuentaron el ambiente de las cupletistas del Paralelo, los burdeles y las tertulias en Els 4 Gats, donde Picasso haría su primera exposición. Al parecer, la afición por los prostíbulos de Pallarès estaba motivada por el hecho de que su familia no le había dejado casarse con la chica de la que estaba enamorado.

Tal era su frustración que se acabó exiliando diez años a Argentina para, en sus propias palabras, «esperar a que los ánimos se calmaran». Según los cronistas de la época, es un misterio lo que Manuel hizo durante esa década, ya que se negaba a hablar de ello. Pero lo mas sorprendente fue que a su regreso la chica aún le estaba esperando y se acabaron casando. El matrimonio montó entonces un taller en la calle Pelayo donde él hacía retratos y ella decoraba papel pintado para paredes, mientras que el hermano de ésta se dedicaba a la cerámica.

El articulista insistía en que esa vida de artesano no tenía nada que ver con la bohemia y los éxitos de su amigo. No obstante, la admiración entre ambos era tan grande que Pablo, allí donde estuviera, siempre colgaba dos cuadros: uno pequeño de Pallarès y *El Mas del Quiquet*, que le recordaba su primera estancia en Horta, donde había cambiado el nombre de Pablo Ruiz para pasar a llamarse Picasso.

Concluí la lectura con envidia hacia una amistad capaz de sobrevivir tres cuartos de siglo. En nuestra época de amor líquido y zapping sentimental, también los amigos tienen fecha de caducidad, pensé. Los de la escuela ya no nos sirven cuando iniciamos la universidad, y los compañeros de carrera quedan atrás al ingresar en el mundo laboral. Por no hablar de la llegada de los hijos, que enfrían tantas relaciones que parecían indestructibles.

Yo mismo era un ejemplo de desarraigo extremo. Había abandonado mi rutina en Santa Mónica para estar con una mujer que acabaría desquiciada por mi hija. Habíamos vivido los tres en una casa cercana a Montserrat. Luego los dos solos en Barcelona. Ahora Ingrid estaba en Mallorca y yo en Horta cazando moscas.

Definitivamente, algo había salido mal.

Tras largarme aquel discurso a mí mismo, decidí subir a la habitación. La enigmática visitante prometía abrir una nueva brecha hacia el infierno, pero lo prefería al vacío absoluto donde había languidecido hasta la noche anterior.

26

Anouk se había duchado y llevaba ahora un vestido floreado que resaltaba su figura esbelta, sólo alterada por el vientre que lucía con orgullo. Me di cuenta por primera vez de que era casi tan alta como yo.

Parecía lista para salir, lo cual me dio esperanzas de que los temores de la mañana se hubieran disipado con unas horas de sueño. Yo tenía que ponerme cuanto antes en el reportaje que justificaría mi viaje, así que ofrecí una nueva alternativa a la forastera para recuperar mi cama.

—Puedo llevarte en coche a cualquier lugar donde estés segura. Nadie reparará en un viejo Ibiza que no puede con su alma.

—Aquí me siento segura. Además, tengo un motivo especial para quedarme en Horta.

—¿Vienes a ver al padre de todos los olivos? —bromeé con la paciencia agotada.

Tal como iban las cosas, necesitaría otra habitación de hotel después de haber pagado aquella.

No supe si había oído mi pregunta, porque justo entonces fue al baño. Aproveché para pasar revista a la documentación desperdigada por el cuarto antes de la irrupción de

Anouk. Para mi sorpresa, nada estaba donde yo lo había dejado.

Tres pilas de papeles se amontonaban sobre mi maleta, que estaba cerrada y presumiblemente con la ropa dentro. Escandalizado de que mi huésped se hubiera atrevido a tocar mis documentos, comprobé que había un criterio en aquella clasificación.

A la izquierda estaba todo lo referente al viaje de 1898-99. A la derecha los documentos que aún no había leído de la estancia de 1909, perfectamente clasificados por autores y fuentes.

Pero lo más asombroso me esperaba en la pila del medio. Bajo un pliego de cartas de una tal Fernande Olivier encontré una tesina de cien páginas con el título *Picasso y el cubismo en Horta*. Aquello no lo había llevado yo, y estaba claro quién era la autora.

Leí fascinado su nombre en la ficha con la que diez años antes la licenciada en Historia del Arte había registrado la tesina, como preludio de un posible doctorado.

Anouk Jiménez

Mi confusión se había multiplicado hasta un extremo donde la angustia se mezclaba con la ira. La autora de la tesina, dejada alegremente a la vista, volvió a la habitación bella y acicalada. No tardé en cantarle la caña:

—No sé quién eres ni de dónde vienes, pero deberías saber que es una ofensa tocar los documentos personales de quien te ha dado cobijo.

—Sólo los he ordenado.

—En cualquier caso, soy dueño de mi desorden y nadie tiene derecho a entrometerse. ¿Por qué has metido mi ropa en la maleta? ¿Y esa tesina? Más vale que me cuentes algo que yo pueda creer si no quieres que te dé puerta ahora mismo.

—Cálmate, Leo —dijo resistiendo el impulso de reír—. Te he metido la ropa sucia en la maleta porque me parecía mejor lugar que el suelo. En cuanto a esa tesina, ya te he dicho que tenía un motivo especial para volver a Horta... como también lo tuvo Picasso.

—No es lo que me has dicho esta mañana. Me has hablado de un marido del que huyes que es peor que un delito a mano armada. ¿Qué tiene que ver eso con un trabajo universitario de hace diez años?

—Estás hablando de cosas distintas, Leo —me reprendió súbitamente seria—. Te olvidas de la cuarta dimensión, el tiempo. ¿No dicen los físicos que sirve para que no suceda todo a la vez?

—Pues cuéntame la historia por partes. Ya sabes que los hombres no podemos hacer ni pensar varias cosas a la vez.

—Ja, ja. Para empezar, nunca he dicho que el hombre del que huyo sea mi marido. Es sólo el padre del niño. He tenido un encontronazo con él en La Fresneda y he logrado escapar del coche en el que me llevaba a un sitio que es mejor no imaginar. Después de tres horas caminando bajo la lluvia, he llegado hasta aquí y me has acogido. A ti no te esperaba, pero mi destino era Horta de Sant Joan.

—Por razones sentimentales —añadí desconfiado—. Viniste hace diez años para preparar tu tesina de ingreso en el doctorado. Felicidades.

—No pude hacer el doctorado porque no me dieron beca y mi vida ya era muy complicada entonces. Mi investigación se limitó a esta tesina y a las cartas que he traído con ella. Son inéditas y hablan del segundo viaje de Picasso. No sé en qué proyecto andas metido, pero puedo ayudarte. Lo cierto es que estoy sin dinero, así que te ofrezco mi documentación a cambio de unos días de alojamiento y comida.

Tras esta explicación, respiró profundamente y me tendió la mano para que selláramos el trato. Se la estreché sin demasiado convencimiento, mientras añadía:

—Me puede interesar ese acuerdo, pero necesito saber algo: ¿qué ha hecho el padre de tu hijo para que huyas de él en medio de una noche de tormenta?

Como toda respuesta, Anouk se dio la vuelta lentamente y dejó caer su vestido hasta dejar la espalda al descubierto. Estaba llena de cardenales en carne viva.

27

Anouk me sorprendió al ofrecerse de guía hacia el Mas del Quiquet, la casa rural del cuadrito que Picasso llevaba a todas partes.

Un embarazo de ocho meses y una semana, como ella confesó, no era el mejor equipaje para una expedición por bosques y acantilados. Intenté quitarle esa idea de la cabeza pero era terca como una mula. Conocía bien los caminos, insistió, y si aparcábamos el coche bajo las Rocas de Benet no era un trecho largo.

—Es mi manera de agradecerte tu hospitalidad —suplicó—. Podemos llevarnos comida y agua, y pasar el día en Els Ports.

—Como Picasso y Pallarès. ¿Quieres que juguemos a los robinsones?

—Quiero mantenerme lejos de cualquier pueblo o carretera. Es la única manera de estar fuera del alcance de Lambert.

—Vaya, así que ya tenemos su nombre —repuse mientras tomaba un macuto donde cargar nuestras provisiones—. Tan peligroso no será cuando no se atreve a meterse en el monte.

—Se metería si pudiera. Lambert nunca tiene miedo.

—No entiendo... ¿va en silla de ruedas?

—Casi. Perdió una pierna en un atentado. Se maneja bastante bien con la prótesis, pero sólo puede caminar en terreno llano.

—¿Un atentado? —repetí cada vez más desconcertado—. Creo que tienes mucho que contarme. En cualquier caso, un hombre sin una pierna no es tan peligroso como para tener que ocultarnos en una cueva.

Anouk me tomó las manos y ancló sus ojos abiertos en los míos antes de advertirme:

—No cometas el error de subestimarle.

El resto de la mañana transcurrió con la placidez de una pareja de futuros padres que aprovechan los últimos días de libertad. Llené la mochila de provisiones en una tienda de Horta y nos encaminamos hacia el coche, que volvía a estar al rojo vivo.

—¿Has llegado con esta cafetera hasta aquí? —preguntó Anouk.

—Sí, qué pasa, ¿no es lo suficientemente bueno para ti?

—No es eso, sólo que me sorprende que un americano lleve un coche tan viejo. ¡Debe de ser el primer modelo de Ibiza que se fabricó!

—Eres toda una experta, por no tener coche ni tampoco carné —bromeé mientras aceleraba hacia la salida del pueblo—. ¿O me equivoco?

—Has acertado, excepto por unos meses que viví como una princesa, siempre he sido una pobretona que no tuvo ni para pagarse el carné de conducir.

—El vestido y el perfume que llevas no son baratos.

—Son vestigios de un pasado que no puede ni debe volver —dijo apretando los labios—. Rezo al diablo para que así sea.

—Es una curiosa manera de encomendarse... —repuse al aparcar el coche en un arcén que ella me había señalado—. Eres una mujer singular, Anouk. Me encantará que me cuentes tu vida mientras seguimos las huellas de Picasso.

—Tenemos mucho tiempo para eso.

—No tanto. Dentro de cinco días debo volver con mi hija. Estoy pensando en coger el portante y regresar a California. Prefiero ser miserable en mi casa que en un país que sólo me depara disgustos.

—Entonces tienes más que contar que yo —dijo mientras me mostraba un sendero que serpenteaba entre rocas y matorrales quemados por el sol—. ¿Estás casado?

—Lo estuve.

—¿Y te has vuelto a juntar?

—Sí, pero también eso se acabó. Cuando me preguntan por mi estado civil, ahora digo que soy poliseparado.

Anouk me lanzó una mirada divertida antes de avanzar por la cuesta con un brío inesperado, hasta el punto de dejarme atrás.

—¿Cómo puedes ir tan rápido con esa barriga? —le pregunté empezando a sudar.

—Siempre me ha gustado correr. De jovencita estaba federada y todo. Era la reina de los doscientos lisos. Lo dejé a los veinte años porque implicaba un sacrificio muy grande, prácticamente dedicación exclusiva, y yo quería hacer otras cosas.

—Como estudiar la formación cubista de Picasso.

—Por ejemplo. O estudiar la formación corporal de los hombres, también se pierde tiempo con eso.

Me guiñó el ojo antes de apretar aún más el paso. La seguí, bordeando las rocas esculpidas por el río, con la alerta roja encendida. Aunque tuviera bombo y un amante torturador se hallara al acecho, empecé a sospechar que Anouk me gustaba.

Decidí guardar una distancia de seguridad antes de que fuera demasiado tarde. Más allá de la inesperada atracción, no sabía nada de ella ni de sus planes, si es que los tenía aparte de huir. Tampoco sabía cuál era el poder de aquel hombre monstruoso al que no debía subestimar.

Resumiendo, el peligro me acechaba desde todos los frentes.

28

Bordeamos desde lo alto el río Estrets —donde Picasso había estado a punto de despeñarse— tras cruzar un bosque de encinas. Una cabra salvaje me dirigió una mirada inquisidora desde un saliente en las rocas de conglomerado.

—Algunas de estas moles tienen el interior de mármol —me explicó Anouk, que parecía encantada de volver a aquellos parajes—. Aún pueden verse los restos de la antigua cantera. ¿Sabías que estas tierras están mucho más despobladas hoy que a finales del veinte?

—Algo he leído. ¿Qué sucedió?

—Por un lado la ganadería dejó de ser rentable por estos peñascos. Luego llegó en 1956 una gran helada con temperaturas de treinta y dos grados bajo cero. Mucha gente desde el Matarraña hasta aquí huyó a Barcelona. Por eso, de los 2.000 habitantes que vivían en Horta d'Ebre, como lo llamaba Picasso, hoy sólo quedan la mitad. Y lo curioso es que hay muchas más casas ahora.

El discurso de la estudiante fallida de doctorado me estaba dejando en evidencia. Me daba cuenta de que había salido a investigar con un conocimiento demasiado pobre del terreno.

—Es normal que haya más casas y menos habitantes —añadí en un alto en el camino—. Antes de la crisis, se construía sin parar en todas partes y la gente compraba una segunda residencia aunque sólo viniera una semana al año.

—Así es, pero lo curioso no es eso —dijo desde un promontorio con vistas sobre el pueblo—, sino que Picasso logró pintar el futuro.

—¿Qué quieres decir? —pregunté muy interesado.

—En su primer viaje, Picasso se descubrió como artista, mientras que en el segundo practicó el cubismo y plasmó en sus cuadros lo que ves ahora.

—No veo qué tiene eso de raro. A todo artista le gusta pintar lo que ve.

—Ahí está la gracia, lo que él veía en 1909 era muy distinto de ahora. En Horta había la mitad de casas, no parecía un montón de cubos como ahora. Lo que pintó Picasso se parece mucho más a lo que es el pueblo en la actualidad. ¡Es como si su mirada se hubiera proyectado un siglo en el tiempo!

—Algo así como un episodio de arte-ficción.

—Yo más bien diría que era un visionario.

Tomé nota mentalmente de ese comentario. Sin saber muy bien por qué, me pareció que podía ser importante para acercarme al secreto que andaba buscando. Aunque no las tenía todas conmigo, me convenía confiar en Anouk para encontrar una salida airosa a mi trabajo.

—No me has preguntado qué estoy haciendo en Horta —dije dispuesto a contar sólo una pequeña parte de la misión—. ¿Es que no tienes curiosidad?

—Claro que sí, pero ya me lo contarás cuando tengas ganas. Hay tiempo.

—Es una curiosa manía tuya eso de que hay tiempo. A mí me quedan sólo cuatro días después de hoy para volver con un reportaje decente.

—¿Cuál es el tema?

Le conté una versión muy vaga del asunto mientras nos sentábamos bajo una arboleda a almorzar. No le revelé quién era el cliente ni la verdadera naturaleza del encargo. Argumenté que una revista americana me había pedido un reportaje sobre Picasso en Horta, con especial hincapié en el cuadro perdido.

—Querrás decir los cuadros perdidos —puntualizó después de haberse zampado el primer bocadillo.

—¿Cómo? —pregunté sorprendido—. ¿Es que hay más de uno?

—Uno de 1898 y otro de 1909.

—Tienes razón —dije para no parecer más tonto de lo que era—. Lo había olvidado. Es una lástima para los historiadores que no se sepa qué pintó en esos cuadros.

—Bueno, sólo en parte. Es un misterio qué cuadro legó a su anfitrión en su segunda visita, pero el de 1898 lo vieron algunas personas antes de que desapareciera. Quién sabe, quizá lo destruyó el propio autor porque no le gustaba.

—¿Y qué había en esa composición?

—Una pareja de jóvenes pastores perdidos en un inmenso paisaje montañoso —explicó mientras se peinaba con los dedos la larga cabellera negra—, una especie de Edén para unos Adán y Eva modernos. Algo así como tú y yo ahora. Se sabe incluso el título que Picasso puso a esa obra perdida.

—¿De verdad? ¿Cuál era el título?

—*Idilio*.

Aquella palabra hizo que me ruborizara. Me daba cuenta de que estaba compartiendo un pic-nic en un pequeño edén, con una mujer que me daba mil vueltas en todo. Una compañía deliciosa, si no fuera porque esperaba un hijo de un hombre siniestro que la había torturado —hasta ahora se había negado a hablar de aquel episodio— y podía caer sobre nosotros en cualquier momento.

—Sigamos —propuso—. ¿No quieres ver dónde está la cueva?

29

Tal como había visto en el cuadrito reproducido en el Centro Picasso, la cueva que el pintor había compartido con Pallarès era una roca plana que sobresalía de la montaña como un techo natural.

Tomé varias fotografías desde el otro lado del cauce del río, que bajaba con poquísima agua. De haber caído el genio en los tiempos actuales, pensé, en lugar de ahogarse se habría abierto la cabeza.

—¿Vamos? —pregunté buscando con la mirada un puente para pasar al otro lado.

—No vale la pena. Sólo hay ese saliente de piedra.

—Da igual, me apetece meterme ahí debajo. Para el reportaje me vendrá bien tener la perspectiva desde dentro de la cueva.

—Ve tú, entonces —dijo Anouk repentinamente fría—. Yo te espero aquí.

—¿Por qué? No te entiendo. ¿Es que tienes miedo de cruzar el río?

—No es eso, pero la última vez que estuve ahí me hice una promesa que implica no entrar ahora.

Contemplé perplejo a la que se había convertido en mi guía. Devolví la mirada a la cueva y pensé que no iba a dejarla sola por obtener un poco de sombra. Tal como ella decía, probablemente no había nada más que tierra bajo ese pedrusco.

—De acuerdo. ¿Quieres que volvamos al pueblo, entonces?

—No, vayamos al Mas del Quiquet. Conozco el camino y no queda lejos de aquí.

La casa rural desde la que Salvadoret Pallarès había abastecido a los pintores se hallaba ahora cerrada. Supe por Anouk que se abría muy puntualmente para actos culturales del ayuntamiento u otras instituciones. Al parecer estaba vacía, por lo que quedaba descartada como lugar de búsqueda.

—De aquí no sólo salía comida y vino —explicó ella—, sino que el pequeño Pallarès también se encargaba de proporcionar a aquellos dos los lienzos y pinturas que necesitaban. Al principio de instalarse en la cueva, tenían un gitanillo para hacerles recados, pero no tardaron en despedirlo.

De repente, me acordé de la imagen del adolescente gitano desnudo y de la «historia fea» que había mencionado Romeu. Tuve curiosidad de conocer los detalles.

—¿Qué pasó con el chico gitano?

—En aquella época, Els Ports estaban muy poblados. Hubo hasta cuarenta masías habitadas y muchos pastores trashumantes que iban de aquí para allá. También había carboneros y cazadores que vivían del monte. Cuando Picasso y Pallarès salían a buscar motivos pictóricos, dejaban al niño encargado de guardar la despensa, también de los animales que merodeaban por aquí. Fue un fiasco, porque al gitanillo le llamó la atención que ellos bebieran vino de la bota. La primera noche de vigilancia mientras ellos dos descansaban, quiso probar cómo sabía y acabó borracho. Se durmió y al despertar las bestias se lo habían comido todo. Así fue como despidieron al gitanillo y pidieron a Salvadoret que siguiera trayendo suministros cada cuatro o cinco días.

Aquel episodio resultaba un poco decepcionante, pensé, ya que no aportaba ninguna pista sobre el cuadro perdido o sobre lo que había descubierto el pintor mientras vivían en la cueva. Se lo hice saber a la autora de la tesina:

—Me esperaba una historia más escandalosa, la verdad. El guía del museo me ha dicho que si me contaban lo del chico gitano no me creyera nada.

—Se refiere a otra cosa —sonrió ella mientras iniciábamos el regreso—. Lo explica Arianna Stassinopoulos en una biografía muy polémica. Al parecer a ella se lo contó Françoise Gilot, una amante de Picasso en la década de los cuarenta y cincuenta. Puesto que las mujeres solían acabar mal con él, no sería extraño que fuera una venganza personal de su musa.

—Pero ¿cuál es esa historia sobre Picasso y el adolescente gitano?

—Tal vez sea el del cuadro que has visto en el centro de Horta. Al parecer tenía quince años y también era pintor. Según Gilot, sucedió en unos días que Pallarès había vuelto a

Horta. Tengo el fragmento de la biografía de Stassinopoulos, espera.

Habíamos llegado al coche cuando la tarde se abría paso tímidamente entre la solana. Una nube grande y esponjosa filtraba en aquel momento la claridad cegadora, así que Anouk aprovechó para apoyarse en el exterior del vehículo a hojear una libreta Moleskine. Sacó del interior una fotocopia de la página en cuestión y me la tendió para que leyera.

«Entre él y Picasso se entabla primero una amistad ardiente, que sin duda llegó mucho más lejos. Los dos chicos sancionan su unión con un ritual que se remonta a la noche de los tiempos: el gitano, empuñando el cuchillo del que no se separa nunca, se hace un corte en la muñeca y pide a Pablo que haga lo mismo. Entonces mezclan su sangre en señal de eterna fidelidad. Pero el gitano, que comprende enseguida lo imposible de una relación profunda con un muchacho que no es de su raza, prefiere desaparecer. Una mañana, en la gruta, Pablo ya no lo encuentra a su lado... su lecho de hierbas y hojas está vacío. Se queda estupefacto. Su pena es muy grande. Regresa entonces a Horta con Pallarès.»

—Según esta misma fuente —comentó ella—, el pintor gitano le visitó años después en el *Bateau-Lavoir*, el estudio de París donde Picasso inició la época rosa. Françoise Gillot cuenta que el chico dormía desnudo en el suelo de su propia habitación.

—Igual que yo si no encuentro una habitación en la fonda de Horta —añadí al entrar en el coche.

Anouk me miró divertida y dijo para mi sorpresa:

—Cabemos los dos. ¿O te da cosa compartir cama con una embarazada?

30

Mientras Anouk descansaba de la caminata, me instalé en un bar de la plaza. Iba a trazar en mi portátil la primera hipótesis de trabajo. Aunque me basaba en una fuente dudosa, era reconfortante tener una primera conclusión, por muy equivocada que fuera.

Si su musa no había mentido por despecho, Picasso tuvo una breve relación homosexual en la cueva que tal vez había proseguido en París. Quizá fuera ése el secreto del pintor, aunque desde la óptica del siglo xxi aquello no tenía nada de impresionante.

Empecé a jugar con la idea de que el desaparecido *Idilio* no mostrara a una pastorcilla con su chico en aquel edén que acaba de visitar, sino a Pablo y a su amante gitano. Podía haber destruido el cuadro por ese motivo, tras avergonzarse de lo sucedido, teniendo en cuenta la moral de la época.

Contra mi hipótesis estaba el hecho de que ese cuadro de 1898 había sido visto por otras personas antes de su desaparición. Eso me llevó a una segunda hipótesis aún más disparatada que la primera. Diez años después, al regresar a Horta, Picasso había vuelto a pintar el idilio de la pastora y el pastorcillo pero con dos amantes varones, al recordar el episodio vivido en la cueva.

Su anfitrión se habría escandalizado al ver aquello y, a la marcha del pintor, se habría deshecho del cuadro o lo había guardado en algún lugar donde aún permanecía oculto.

Si Steiner era un militante activo de la causa gay, dar con ese Picasso censurado sería un logro sin precedentes. Serviría para pregonar a los cuatro vientos que el mayor genio del arte moderno había dejado testimonio de su homosexualidad, aunque dedicara el resto de su vida a saltar de una mujer a la siguiente.

Redacté de forma razonada aquellas dos interpretaciones de los hechos. Era un buen argumento para justificar mi trabajo delante del cliente, aunque mis propias conclusiones me dejaban frío. Incluso si era cierto aquel episodio amoroso, muy común en una adolescencia de dudas y experimentos, eso no explicaba la alquimia que le había convertido en artista.

La llegada de Anouk, con un delicado vestido blanco, me quitó de la cabeza todas estas cábalas. Parecía fresca y despejada. Se había pintado un poco los labios y de sus orejas colgaban dos curiosos pendientes con fichas de dominó.

—Te invito a cenar —dijo muy animada—. Entre Horta y Arnes hay la Venta del Rome, una masía donde se comen platos de la zona.

—¿No decías que no tenías dinero? —respondí sorprendido por aquella propuesta agradable.

—Y no tengo, pero el dueño es un viejo amigo de mi padre. Puedo pagarle la próxima vez que venga por aquí.

—En otros diez años —bromeé.

—Eso nunca se sabe.

Camino del coche una vez más, aproveché que estaba de buen humor para indagar sobre ella. Me dijo que se había criado entre Zaragoza y Barcelona, donde se licenció en Historia del Arte. Hasta los 32 años había hecho trabajos mal pagados. Finalmente había obtenido una plaza de interina como profesora de instituto, pero la experiencia en un centro del extrarradio barcelonés la había horrorizado.

—Aquello no estaba hecho para mí. No conseguía imponerme ante los alumnos y lo pasaba fatal. Aguanté dos años infernales, hasta que conocí a Lambert...

—Y te sacó del instituto.

—Bueno, él vivía entonces en Canadá y había venido para un simposio internacional. Lo conocí un viernes por la noche en una fiesta, y el lunes siguiente lo dejaba todo para volar con él a su país. Si no fuera por éste —dijo acariciándose el vientre—, lo consideraría el error más grande de mi vida.

Entramos en el coche, que necesitó varios golpes de llave para ponerse en marcha. Al arrancar me di cuenta de que íbamos con la reserva del depósito.

Anouk se había quedado repentinamente silenciosa, por lo que entendí que estaba revisitando aquella época de su vida. Si aquello le había sucedido a los 34, supuse que la breve etapa de opulencia la había vivido en Canadá, y que ahora debía de rondar los 35.

Intenté tirar más del hilo:

—¿Y qué sucedió con Lambert para que huyeras del país y él te haya perseguido hasta aquí? Porque es eso lo que ha pasado, ¿no?

—Sí.

La respuesta escueta indicaba que no tenía ganas de hablar de ello. Aun así, quise insistir:

—En Canadá descubriste que no era la persona que habías imaginado. Aunque un fin de semana tampoco es tiempo suficiente para conocer a nadie.

—Siempre he sido muy impulsiva —se limitó a responder.

—Bueno, ya me lo contarás. «Hay tiempo», como tú dices. Hablemos de otras cosas. Dices que el empleo de profesora fue el mejor pagado que tuviste. ¿Qué hacías antes? Después de haber dejado el atletismo, quiero decir.

—Trabajé de modelo de pintura para pagarme los estudios. Mis padres nunca han tenido dinero y yo compartía piso con tres chicas en el Gótico. Sólo tenía que cambiar de facultad. Salía de clase de historia del arte y me iba al aula de pintura de bellas artes, donde me pagaban treinta euros la hora.

—Debe de ser violento estar desnudo dos horas en un aula donde todo el mundo te está mirando.

—Más que violento es incómodo, porque si estás mucho rato en la misma posición se te duermen las piernas.

Mientras aparcaba frente a la Venta del Rome, imaginé que aquella modelo debía de causar sensación entre los estudiantes de dibujo. Me atreví a preguntarle:

—¿Y no te llovían las proposiciones?

—Bueno, de vez en cuando algún alumno rico me pedía que posara en su casa para mejorar la técnica. Ésa era la excusa. Yo les cobraba lo mismo por hora, fuera una persona o veinte. Vivía de eso.

—Seguro que se produjo alguna situación incómoda.

—Nunca. Bueno, una vez una chica me preguntó de forma muy cortés si me gustaría acostarme con ella. Le dije que no y se olvidó del tema, aunque tampoco me volvió a contratar. En cuanto a los pintores... estaban demasiado asustados para tirarme la caña. Por muy bonito que sea, la visión de un cuerpo desnudo siempre intimida. Mi teoría es que nos despierta recuerdos ancestrales de nuestro pasado salvaje.

Al entrar en el restaurante me dijo algo que me dejó inquieto:

—Pero el peor salvaje es el que realiza sus ritos en una iglesia.

31

El regreso a la casa de huéspedes en obras fue extrañamente cotidiano, como algo mil veces realizado. Cedí el baño a Anouk y tomé un par de artículos de la pila de la derecha, los que se centraban en la estancia de 1909 de la que apenas sabía nada.

Tras ocupar el lado izquierdo de la cama, mientras esperaba mi turno de ducha, leí algunas vivencias de Picasso entre los dos viajes.

Me impresionó el final de Carles Casagemas, un amigo suyo que se suicidó en 1901 porque su novia lo había abandonado. Lo más impactante del caso fue que lo había hecho en presencia de ella y de Pallarès. En un momento de esa última velada, el infeliz sacó el revólver y apuntó contra la chica, que se escondió debajo de la mesa. Acto seguido, giró el cañón del arma hacia él mismo y disparó con Manuel como espectador.

Picasso dedicó a su amigo el cuadro *La muerte de Casagemas*. Contemplé fascinado la reproducción a color del retrato mortuorio. Muestra un hombre joven con los ojos cerrados y la tez verde, una composición entre *fauve* y expresionista. Al lado del muerto luce una vela. Los gruesos trazos multicolor del resplandor me recordaron a las pinceladas de Van Gogh, aunque tampoco era un experto en arte para juzgarlo.

Este suicidio afectó de una forma tan profunda a Picasso, que decidió regresar a Barcelona por un tiempo e inició su melancólica —y celebrada— época azul.

Durante el cuarto de hora bajo la ducha no pude quitarme de la cabeza la cara verde de Casagemas. Llegué a olvidar incluso que iba a compartir cama con una mujer que apenas conocía, aunque cada vez me apetecía más hacerlo.

Como un matrimonio instalado en la lenta rutina que lleva hasta la muerte, Anouk se había acomodado en su lado de la cama con una novela. Llevaba un fino camisón gris que envolvía como una gasa sus pechos hinchados por el embarazo.

Por mi parte, lo más decente que encontré para no hacer el ridículo fueron unos calzoncillos largos y una camiseta en buen estado. Siguiendo el ejemplo de mi compañera, retomé los artículos de Picasso para fijar la atención en otra cosa que no fuera aquella situación insólita.

Antes de sumergirme nuevamente en la lectura, miré de reojo la novela que ella tenía entre manos: *Los 7 soles de la felicidad*. Debía de ser ligera y divertida, ya que de vez en cuando se le escapaba una risita.

Saltando al futuro del pasado, yo me trasladé a 1909, cuando Picasso regresa a Horta de Sant Joan para recuperar la felicidad perdida y profundizar en el cubismo. Acudía con

Fernande Olivier, modelo de pintura y pareja del artista, lo cual iba a provocar un gran escándalo en las mentes conservadoras del pueblo.

Miré de reojo a Anouk, que justo entonces dejó la novela en la mesita y cerró los ojos plácidamente.

Antes de apagar la luz, leí sobre el viaje de Tortosa a Horta en esta segunda ocasión. Así como en 1898 había caminado seis horas por los campos con el equipaje en una mula, en 1909 Picasso tomó un taxi y regresó al pueblo convertido en pintor de éxito. Contaba con el reconocimiento de importantes críticos, y varios marchantes de arte esperaban sus nuevas obras.

Ya a oscuras, hundí la cabeza en la almohada tratando de conciliar el sueño.

La claridad de la luna envolvía el cuerpo montañoso de Anouk como un halo. Aquella imagen me habría aportado mucha paz de no convocar al fantasma de mi ex mujer. Durante el embarazo de Ingrid ya nos llevábamos mal, no sólo por su entrada en la Cienciología. Cada uno de nosotros había evolucionado en una dirección diferente hasta el punto de convertirnos en dos extraños.

El amanecer que la despertaron las contracciones, nos dirigimos al hospital en absoluto silencio. Mientras yo conducía, ella miraba hipnotizada la carretera, como si no pudiera creer el destino que se precipitaba ante ella.

En un primer intento, fuimos rechazados en el paritorio. Dijeron que el feto estaba aún lejos de la salida y no podían administrar la epidural a la madre hasta que no bajara un poco más. Ella empezó a gritar que sentía dolor y quería ser atendida por su seguro médico, pero al final nos convencieron de que diéramos cinco vueltas al edificio para ayudar a que bajara Ingrid.

Recuerdo los reflejos etéreos de los primeros rayos de sol en los cristales del complejo hospitalario. Costaba imaginar que seríamos capaces de dar cinco vueltas a aquel enorme perímetro.

Tras un primer «round», mi ex empezó a maldecir al personal de maternidad y al abusivo seguro médico que llevaba diez años pagando. En la segunda vuelta avanzaba como un zombi, sin voluntad propia.

No hubo una tercera. No sentamos en un banco helado mientras el día ganaba la batalla a la noche. Allí me di cuenta de que, incluso en un momento sublime como aquel, no teníamos nada que decirnos.

La voz susurrante de Anouk me arrancó de aquel pasado que me desgarraba por dentro.

—¿No puedes dormir? Él tampoco, escucha.

A continuación tomó mi mano y la presionó suavemente contra su vientre, donde sentí unos espasmos a ritmo regular.

—Tiene hipo —dije sorprendido.

—Sí, cada noche igual.

Dejé la mano allí, con la agradable sensación de que aquel colchón era una balsa donde dos náufragos —pronto tres— habían encontrado una salvación temporal.

32

Una luz grisácea traspasaba el manto de nubes que se cernía nuevamente sobre el pueblo. En cualquier momento las tierras de secano iban a recibir otra tromba de agua, me dije mientras miraba la hora en mi móvil.

Apenas eran las ocho de la mañana.

Me giré lentamente hacia Anouk. Dormía de costado en dirección a la ventana. Admiré la larga y sedosa melena negra que se desparramaba por sus hombros. Separado de ella por poco más de veinte centímetros, deseé poderla abrazar desde atrás y dormir juntos hasta que el sol estuviera en lo alto.

Como si mi pensamiento hubiera estimulado de algún modo su centro de operaciones, justo entonces se giró hacia mí con una sonrisa soñolienta y preguntó:

—¿Cuál es el plan para hoy?

—No lo sé. Supongo que tendré que empaparme de los artículos sobre la visita de Picasso y Fernande.

—Cuando termines, avísame. Voy a pasarte documentos de primer nivel.

—Te refieres a esas cartas —dije recordando que estaban firmadas por una tal Fernande—. ¿De dónde las has sacado?

—Están en el archivo de una universidad americana. Cuando preparaba la tesina, conseguí que me mandaran copia de algunas de ellas. Una amiga mía las tradujo. Son las cartas que escribía la novia de Picasso a sus amigos de París mientras se moría de aburrimiento en el pueblo.

Pensé que sería una buena idea incluir algunos fragmentos relevantes en el informe para Steiner. El hecho de que fueran inéditas me permitiría colgarme una medalla, aunque el secreto de Picasso no aflorara en forma de cuadro.

Mientras Anouk se daba la última dosis de sueño, fui a por mis artículos y empecé a leer sobre la llegada de aquellos dos a un pueblo anclado en otro siglo.

La pareja permaneció en Horta entre junio y septiembre, tres meses en total. Además de retratar a personajes del pueblo con una cámara, Picasso no perdió el tiempo y se entregó a ejercicios de cubismo cada vez más elaborados. Trabajaba sobre dos iconos que acabaría fundiendo en uno solo: por una parte, la montaña de Santa Bárbara; por el otro, Fernande Olivier. Inspirado por los trabajos de Cézanne sobre la montaña de Santa Victoria, que pintó más de ochenta veces, en su proceso creativo Fernande y la montaña acabaron siendo una sola cosa.

El panadero del pueblo, Tobías Membrado, había cedido a Picasso una buhardilla para que pudiera pintar, aunque no entendía los cuadros que llevaba a cabo. El buen hombre le llegó a decir que no se preocupara si no se ganaba la vida pintando porque, gracias a él, pan no le faltaría.

Pablo quiso agradecer a su anfitrión que le hubiera cedido aquel espacio regalándole una pintura. Nunca se supo cuál era el motivo del cuadro porque nadie llegó a verlo.

Me excitaba el solo hecho de acercarme al meollo del asunto, así que dediqué un buen rato a subrayar todas las referencias a Tobías Membrado, ya que parecía jugar un papel fundamental en aquel enigma.

Descubrí que era un verdadero *outsider* en el pueblo, ya que dejó embarazada a una muchacha con quien se casó pese a la oposición de su propia familia, que le retiró la palabra. Aun así, logró ganarse bien la vida como panadero hasta que, durante la Guerra Civil, tuvo que huir a Barcelona.

Allí murió de manera insólita y a la vez simbólica. Durante un bombardeo del bando franquista se escondió en un horno de pan, pero un obús se coló por la chimenea y lo mató.

33

Miércoles 15 de junio de 1909[7]

Querida Alice,

¿Cómo está? ¿Qué hace? ¿Ha recibido las postales que le envié desde Tortosa?

Ahora mismo nos encontramos en este pueblo, lugar de destino de nuestro viaje, pero aquí me sigo encontrando fatal y además me aburro.

Me gustaría mucho tener noticias suyas. Quise escribirle antes, pero no he podido. Usted es la primera persona a quien envío una carta desde aquí, a pesar de que ya hace diez días que llegamos.

Si está en París, ¿puedo pedirle que me envíe algunos diarios entretenidos?

Recibo desde Barcelona *Le Matin*, pero no es suficiente y creo que si tuviera otros periódicos más divertidos me aburriría mucho menos. Escríbame, por favor, me haría muy feliz.

---

7. Extractos de una carta original de Fernande Olivier perteneciente a los archivos Gertrude Stein que se conservan en la Sterling Memorial Library de la Universidad de Yale.

No haga caso del laconismo de mi carta, pero es que me encuentro en un estado lamentable.

El pueblo donde nos hemos instalado es muy pequeño y los aldeanos son muy amables. Desgraciadamente tengo que visitar a menudo al médico del pueblo, que posee una "señora Médecine" que habla francés, y os puedo asegurar que no es demasiado divertida. Esta señora aprendió francés en Barcelona, donde vivió parte de su niñez, y por eso habla con un acento del sur que asusta.

También estamos a menudo con el maestro de la escuela, que es muy soso. Hace un mes que ha empezado a aprender francés en Tortosa, en la escuela Berlitz. Repite a todas horas frases de este estilo: «*¿Qué hay encima las mesas? Encima las mesas hay platos, vasos y cuchillos*», etc., etc., y esto en cada comida, puesto que se aloja en nuestro albergue, donde comemos todos juntos.

Aquí también vive un señor boticario. Es decir, un farmacéutico que no ha estudiado nunca farmacia pero realiza, parece ser que a la perfección, las funciones de farmacéutico. Este señor, que se llama Arturo Ulbrich, es un alemán que se fue de Leipzig, su ciudad natal, porque no quería hacer el servicio militar. Prefirió venir a España antes que a otros lugares, porque imaginaba que éste era un país encantador. Llegó a Barcelona sin mucho dinero y sin hablar una sola palabra de español. Ahora se encuentra aquí en un buena situación económica: debe de ganar unas 90 o 100 pesetas al mes. Está muy contento porque pronto se casará con una chica del pueblo de quien está enamorado. Aquí dicen: un novio y una novia. La maestra de la escuela está muy enfadada porque habría querido casarlo conmigo.

El alcalde del pueblo es un verdadero tirano que arruina a las personas que le estorban. Tiene la llave de todos los pozos de donde él se provee de agua, porque teme que lo envenenen. Es un viejo avaro que se guarda todo el dinero destinado a las mejoras del pueblo. Hace pagar impuestos a todo el mundo y amenaza a aquél que no quiere pagarle. Ya no queda ningún rico por culpa del alcalde. Los que lo eran se encuentran en la más estricta miseria. ¡Es increíble! Pero es así y hace ya diccinueve años que es alcalde.

Hay un personaje aquí que me irrita bastante: el «sereno». Es el hombre que vigila por la noche. Se pasea por el pueblo gritando la hora que es y el tiempo que hace. Existen «serenos» en toda España. Yo no los querría en ninguna parte, pero incluso aquí espantan. Imagínese una voz lúgubre que os despierta por la noche con esta frase:

«¡*Alabado sea Dios!*»

«¡*Son las diez en punto!*» (esto varía según la hora).

«*El cielo está claro o nublado*» (esto también depende del tiempo).

En francés aún sonaría bien, pero en español es espantoso. Esto se repite, más o menos, cada cuarto de hora, puesto que paseando no hace falta más tiempo para dar la vuelta al pueblo. Además, este funcionario es un viejo chocho que tiene una voz de cazalla de mil demonios.

También hay aquí una costumbre muy agradable, sobre todo si una acaba de comer. Cuando se hace una visita, sea cual sea la hora del día, hay que aceptar, si no se quiere ofender al anfitrión, todo aquello que nos ofrecen: jamón, longaniza, vino, etc. En fin, todo cosas ligeras para llevarse a la boca como decía La Fontaine.

En el pueblo también hay una pianola que sirve para que bailen los jóvenes el domingo o las tardes de sábado.

Se organizan procesiones donde los niños soplan con todas sus fuerzas unos silbatos de madera. Desde los balcones, la buena gente que no sigue la procesión tira, para alabar a Dios, ¿que diría usted? *Confeti*. ¡Son unos salvajes!

La comida no es tampoco demasiado variada. Todos los días hay sopa de azafrán y costillas de cordero. Al día siguiente más costillas de cordero y más sopa. Aquí se cocina con azafrán.

Con todo lo que le cuento se puede hacer una idea de cómo es *mi pueblo*. ¡Seguramente no ha visto nunca nada parecido!

El tiempo tampoco acompaña demasiado: hace bastante frío, llueve a menudo y el viento sopla a todas horas. Además, ahora sufrimos terremotos, sobre todo en Tortosa, la ciudad donde estábamos antes de venir aquí, es decir, a seis horas a pie de Orta. ¡Muy agradable!

Eso sí, el paisaje es precioso. Nos hallamos en lo alto de una montaña y el pueblecito se ve muy bonito de lejos. Estamos completamente rodeados de montañas. Por un lado y por el otro hay campos de olivos, almendros, un poco de centeno, trigo y creo que eso es todo. También hay un poco de agua. ¡Oh! El terreno está plagado de agujeritos que la lluvia llena de vez en cuando.

¡Escríbame, por favor! Si quisiera enviarme algo para leer, os estaría muy agradecida.

Pablo se encuentra ahora trabajando en la buhardilla. Unos hombres ríen, unos niños gritan, unos bebés lloran, unos asnos berrean y yo os dejo con tristeza.

Escribidme. Atentamente vuestra,

Fernande

34

Después de haber leído aquella carta de Fernande, la segunda estancia de Picasso me parecía mucho más interesante que la primera, aunque no hubiera cueva ni idilio fantasma.

Más allá del cuadro de Tobías Membrado, me intrigaba saber cómo habían sido los tres meses de aquella parisina que ya echaba pestes del pueblo a los diez días. Para saberlo tenía a la guía ideal, puesto que su tesina se había centrado en la experimentación cubista del pintor en 1909.

De hecho, ese jueves salimos a recorrer el pueblo para localizar los lugares clave de aquella estancia. La primera parada fue en la casa donde el panadero les había cedido la buhardilla.

—Los primeros días la pareja se alojó aquí —explicó Anouk—, luego se instalaron en la fonda del pueblo, el Hostal del Trompet, y Picasso siguió utilizando la buhardilla como estudio de pintura.

—Fernande no parecía muy contenta de estar aquí —dije mientras me preguntaba dónde habría ido a parar el cuadro del panadero.

—Al principio no, pero luego se acostumbró. De hecho, las primeras semanas tuvo problemas con las mujeres del pueblo, que no toleraban que viviera con Pablo sin estar casados. Les escandalizaba, además, que vistiera a la moda de París, que entrara en un café donde sólo iban los hombres y jugara al dominó con ellos. ¡Incluso fumaba en público! Aun así, sólo hubo una crisis importante entre la pareja y la gente de Horta. Un día, un par de puritanas empezaron a tirar piedras contra la ventana de su habitación para hacerles ver que estaban en pecado.

—¿Y cómo reaccionó Picasso?

—¿No conoces esta anécdota? —se sorprendio Anouk—. Picasso salió al balcón con un revólver en alto y amenazó con disparar si no les dejaban en paz. A partir de aquí todo fue bien.

—Supongo que esos dos eran un bien social para el pueblo —comenté mientras ella me mostraba el café donde el pintor y su amante pasaban las noches bebiendo y oyendo tocar la guitarra—. Seguro que fueron la comidilla de todo el mundo durante tres meses.

—Sin duda —dijo mientras subíamos lentamente hasta lo más alto de Horta—. Los lugareños se acordaban mucho de Pablo, aunque hubieran pasado diez años, y en esta segunda visita aún se ganó más el aprecio de la gente. Picasso tenía una gran sentido de la justicia y, si encontraba a alguien hambriento, corría a su casa y le bajaba lo que tuviera para comer. A parte de eso era un cachondo y le gustaba bromear con todo el mundo.

—Por el tono de la carta que he leído, ella no debía de caer tan bien.

—Era la típica parisina que mira a todo el mundo por encima del hombro. Las mujeres de Horta, que iban de negro porque a todas se les había muerto algún familiar, estaban fascinadas con un sombrero de Fernande que tenía velo. Pensaban que era una mosquitera para protegerse de las picaduras. Al final, la acabaron aceptando e incluso hizo amigas con las que conversaba cada día.

—Que Picasso y Fernande tuvieran dinero para gastar también debía de ayudar.

—Bueno, más bien era visto como algo excéntrico en un pueblo donde todo el mundo vivía de forma muy austera. Se cuenta que una vez ella dio a unos niños un billete de mil pesetas y les pidió que fueran a por cambio. Fueron incapaces de encontrar tanto dinero, ni pequeño ni grande, en todo Horta. Muy pocos habían visto nunca un billete de mil, que eran los únicos que traía Picasso de la venta de sus cuadros. De hecho, fueron viviendo de esos billetes y, cuando se acabaron, salieron de Horta.

—Me gustaría encontrarme en esa situación —suspiré mientras miraba con preocupación un denso manto de nubes—. En lugar de ser dos pringados que no tienen donde caerse muertos, sería todo un relax ir sacando billetes gordos e ir a París a por más cuando se acabaran.

—Igual ya has encontrado el billete más gordo de todos y no te has dado cuenta —dijo Anouk mientras me miraba de manera enigmática.

No podía ser que se estuviera insinuando, me dije. Era imposible que una mujer como aquella, por desesperada que fuera su situación, se interesara por un bala perdida como yo. De forma preventiva, decidí relacionar aquella frase con mi misión allí.

—Tal vez tengo el cuadro perdido de Picasso pegado al trasero y no me he dado cuenta.

Anouk me miró perpleja, sin entender por qué le decía aquello. Luego me empujó cariñosamente cuesta abajo.

Una tempestad de dimensiones imprevistas estaba a punto de estallar.

35

La habitación bajo la tormenta se había convertido en nuestro cuartel general. Después de mis pobres hipótesis del día antes, estaba ahondando en el personaje de Fernande por si arrojaba alguna luz sobre aquel asunto.

Aunque no tenía nada concreto, mi impresión era que había dejado de avanzar en círculos. O, como mínimo, que en mi odisea circular me estaba acercando a alguna especie de centro, aunque fuera el centro de la nada.

Antes de que me sumergiera en la segunda carta de Fernande, la mirada triste de Anouk me hizo saber que se había decidido a contar su historia.

—Cuando llegué a Canadá, descubrí que Lambert no era quien decía ser. No tenía residencia fija, y nos movíamos entre casas de supuestos amigos, hoteles de carretera y almacenes remotos en los que nunca supe cuál era la actividad. Contestaba a mis preguntas con informaciones vagas o con evasivas. Todas las discusiones acababan igual: me rogaba que confiara en él y que fuera paciente, porque me quería.

—Un perfil desconcertante, como mínimo, pero... ¿qué te atrajo de él para que lo dejaras todo? Dicho de otro modo: ¿quién creías que era Lambert?

Anouk exhaló un profundo suspiro, como si transportarse a aquel fin de semana fuera un doloroso ejercicio de inmersión.

—Lo conocí en un seminario sobre vanguardias artísticas del siglo veintiuno.

—No sabía que en este siglo aún hay vanguardias.

—Yo tampoco —dijo sonriendo por primera vez—, por eso fui. Más que un seminario, resultó ser una fiesta donde se daban pequeñas charlas en un estrado mientras la gente tomaba un cóctel. Se celebró en el café Vienés del Hotel Casa Fuster, un entorno bastante rococó para un acto sobre nuevas vanguardias.

—Entiendo. Y entre esa fiesta de pajeros mentales estaba Lambert.

—Sí, y pensaba exactamente como tú ahora. De hecho, cuando se sentó junto a mí en el sofá dijo algo como: «Llevo dos horas preguntándome que diablos hago aquí, pero ahora ya lo sé. Tenía que conocerte».

—Una entrada de ligón profesional —dije sintiendo una punzada de celos a mi pesar—. ¿Cómo te dejaste embaucar por alguien así?

Anouk agarró un momento mi mano para que tomara muy en serio sus palabras:

—Te sorprendería saber hasta qué punto Lambert puede ser persuasivo. Si algo no se puede negar es que tiene carisma. Tras tomarme a broma esa entrada de ligón que dices, estuvimos charlando de arte durante horas. Dijo que era profesor de escultura contemporánea en la Columbia University, aunque se había tomado un año sabático para visitar museos y conocer gente.

—Conocer gente... —repetí intrigado por aquel personaje.

—Eso dijo. Aquella noche nos acostamos en una suite del hotel. Pasamos allí todo el fin de semana contando la vida de cada uno, nuestras visiones, proyectos futuros, todas esas cosas que se hacen cuando recibes un flechazo. Me dijo que estaba montando en Canadá un ciclo de conferencias de arte que reuniría a expertos de todo el mundo, pero cuando llegamos allí entendí que algo había salido mal. Mientras esperaba la llamada de alguien que «pondría las cosas en su sitio», en sus propias palabras, dormíamos cada día en un lugar diferente. Eso sí, manejaba mucho dinero. Fue entonces cuando llegué a la conclusión de que era un traficante o algo parecido.

Empecé a caminar por el cuarto, como si con ello engrasara mejor mi capacidad de comprensión. Me detuve frente a la ventana justo cuando un rayo caía en el centro de la plaza haciendo temblar los cimientos de la casa.

—¿Y lo era?

—Es posible. Sin duda se financia de forma irregular y ha tenido problemas con la ley en distintos países, pero no es eso lo que da miedo de él.

—¿Qué es lo que da miedo, entonces? —pregunté inquieto.

—Es un fanático religioso. Ha fundado una iglesia evangelista a su medida en la que el arte y la Biblia son una misma cosa.

—No entiendo la conexión...

—Pues se reduce a una sola idea: todo arte sublime ha sido inspirado por Dios. Dicho de otro modo, Dios está detrás de cada movimiento artístico y de cada genio, que es sólo un transmisor entre Él y la humanidad. El objetivo de su iglesia es descubrir la huella divina en todos los genios e interpretar cada obra maestra como una alegoría de la Biblia.

—Suena a locura —concluí—, pero no más que muchas otras tonterías que dicen los críticos de arte.

—Es cierto, pero hay una diferencia fundamental entre los críticos de arte y Lambert.

—¿Cuál es?

—Él está dispuesto a matar.

36

Anouk terminó la extraña historia que me acababa de contar diciendo que, embarazada de tres meses, había interrumpido todo contacto con el fanático religioso. De regreso a Barcelona, se había alojado bajo un nombre falso en un apartamento de alquiler cercano al puerto.

Sabía que Lambert la buscaría, porque veía en el hijo de ambos el continuador de su labor en la Iglesia del Único Creador. Así había bautizado la secta que ya contaba en Canadá con un centenar de adeptos.

Tras descubrir que él rondaba nuevamente por Barcelona, pidió a una amiga de infancia que le prestara su casa en La Fresneda. Por precaución, no le reveló su intención de ir más tarde a Horta de Sant Joan.

Pronto comprobó que alguien había puesto a Lambert al corriente de sus movimientos.

Anouk se abrazó el vientre con un ligero temblor al recordar aquello. Como si la tempestad le permitiera revivir dolorosamente lo sucedido dos noches antes, empezó a contar:

—Estaba muy fatigada por el viaje en autobús, así que después de cenar me dormí enseguida. Había ocupado la habitación de mi amiga, que estaba en la planta baja de un chalé. Lambert es experto en entrar en las casas como un ladrón, así que no me di cuenta de que estaba dentro hasta que fue demasiado tarde.

—¿Qué sucedió?

—Lambert tiene un pequeño problema de movilidad, pero sus manos son increíblemente veloces. Antes de que pudiera defenderme, me encontré con las muñecas y los pies atados. Silenció mis gritos con una mordaza y me arrancó la ropa. Amenazó con abrirme en canal y arrancarme el niño si no asumía el castigo que había decidido Dios por mi huida. Tuve que ponerme de pie para recibir quince latigazos en la espalda tras los cuales perdí el conocimiento.

—Y podrías haber perdido a tu hijo —dije horrorizado—. ¿Cómo lograste huir?

—Me desperté en el coche, justo cuando arrancaba, atada y amordazada en el asiento de atrás. Estaba convencida de que me llevaría a algún zulo donde me mantendría encerrada hasta que naciera el niño. Eso si no me mataba antes para quitármelo, porque es capaz de eso y más. Pero entonces sucedió algo parecido a un milagro en los que cree Lambert.

Contuve el aliento mientras ella se levantaba de la cama y paseaba inquieta por la habitación.

—Encontré debajo del asiento el látigo con el que me había azotado hasta hacerme sangrar. Tenía en la punta unas estrellas metálicas que me sirvieron para segar la cuerda de una muñeca. En cuestión de minutos logré liberar la otra mano y los pies, todo eso en absoluto silencio. Me ayudó la lluvia y que Lambert tenía la música muy alta. Sonaba *El Mesías* de Händel.

Un trueno lejano supuso un punto y aparte en el relato de Anouk, con quien ahora estaba frente a frente junto a la ventana.

—Entonces nos dio el alto un coche de la Guardia Civil. Enfocaron con la linterna al conductor, pero no me vieron porque seguía tumbada.

—Sólo tenías que gritar.

—No podía hacerlo.

—¿Por qué? —pregunté sorprendido.

—Lambert nunca mueve ficha sin cubrirse las espaldas. En Canadá se sirvió de mi documentación para cometer un delito. Sin yo saberlo, firmé como apoderada de una empresa fantasma que hizo un desfalco. Cuando empezamos a distanciarnos, él me amenazó. El tema está congelado, pero basta con una llamada suya para que salga mi nombre y dicten una orden de busca y captura.

—Eso no significa que le gustara ser descubierto por la Guardia Civil con una mujer secuestrada.

—Por supuesto, Lambert estaba asustado, pero encontró la manera de alejar a los agentes del coche. Utilizando un tono que nunca le falla en situaciones de crisis, exigió ver la matrícula del coche antes de acatar la autoridad. Los guardias aceptaron, pero estaban tan pendientes de sus movimientos, que no advirtieron que yo abría la puerta. La oscuridad y la lluvia me ayudaron a refugiarme tras unos árboles sin ser vista.

—Puedo imaginar el desenlace. Tras el interrogatorio y revisión del coche, la Guardia Civil le obligó a proseguir la marcha. Y esperaste hasta que ellos mismos se hubieran ido.

—Sí, tomé la precaución de llevarme, junto con la maleta, el látigo y los trozos de cuerda. Por lo tanto, no encontraron nada en el coche que les permitiera sospechar del conductor.

—Tu desaparición le pareció a Lambert un acto de magia.

—Seguro —dijo abriendo sus ojos grandes y profundos—, pero no dudes de que, ahora que se ha repuesto del susto, ha iniciado de nuevo mi caza.

37

Pasamos el resto de aquel jueves en relativo silencio. Mientras la tromba de agua inundaba los campos, Anouk había vuelto a su lectura, reclinada sobre un almohadón en la cama.

Por mi parte, terminé de leer la correspondencia de Fernande en busca de pistas, por muy vagas que fueran. Con las miras puestas en el informe, me dediqué a copiar en el ordenador los pasajes que me parecieron más llamativos:

«¿Le hablé, en mi última carta, del loco del pueblo? Es un chico de 23 o 24 años a quien la miseria y la anemia han traído a este estado. Otros piensan, sobre todo mujeres, que cuando estuvo en Francia, personas malintencionadas le hicieron comer unas hierbas que lo volvieron loco. ¿No lo encuentra curioso?

Pero es aquí donde la historia se complica, porque desde la primera vez que me vio, se enamoró de mí. Dice que piensa constantemente en mi persona. Incluso los propietarios del albergue le han pedido que no vuelva por aquí.

Cada atardecer lo encierran en la prisión, donde se pasa toda la noche gritando y cantando sin cesar. Y como vivimos junto a esta mazmorra, he pasado muchas noches sin poder dormir.»[8]

Anoté en mi cuaderno que esa mazmorra, si aún existía, era otro lugar susceptible de ser indagado. O, como mínimo, merecía la pena tomar algunas fotos del lugar para documentar mi informe.

Anouk había decidido por precaución dejarse ver lo menos posible, así que bajé a buscar cena para los dos.

La lluvia había barrido de clientes los cafés de la plaza. Mientras aguardaba en una barra vacía dos bocadillos de tortilla francesa, no me quitaba de la cabeza la imagen del loco que cantaba y gritaba por las noches. Aquel personaje me había impresionado, tal vez porque junto con la enfermedad y la muerte, si hay algo que aterroriza a cualquiera es la posibilidad de volverse loco.

Como Lambert.

Aquellas historias, el temporal y el bar desierto me habían sumido en un estado de ánimo sombrío, así que tomé una revista de la barra para distraerme. Era un ejemplar viejo y grasiento de *Esquire* que debía de haber abandonado algún turista de paso.

La denominada «revista de los hombres inteligentes» me trajo buenos recuerdos de los tiempos en los que disponía de dinero para tomar aviones. Una compañía aérea en concreto ofrecía ejemplares a sus clientes. Yo iba directamente a las

---

8. Extractos de una carta original de Fernande Olivier perteneciente a los archivos Gertrude Stein que se conservan en la Sterling Memorial Library de la Universidad de Yale.

entrevistas de la sección «en esto creo», protagonizadas por tipos de opiniones fuertes.

En el número que había caído en mis manos encontré a dos personajes importantes en mi adolescencia: el periodista Larry King y un casi centenario Kirk Douglas.

Empecé por este último, que exponía una curiosa visión sobre lo que puede sucedernos al llegar al otro mundo:

> «A veces imagino que me muero, mi espíritu abandona mi cuerpo y aparezco delante de un hombre con barba blanca que está sentado en un trono enorme. Le pregunto: "¿Estoy en el Cielo?", y él me contesta: "¿El Cielo? ¡Pero si vienes de allí!"»

Esta fantasía del hombre con un balazo en la barbilla me hizo sonreír, aunque no alcanzaba a imaginar cómo puede ser un infierno que toma este mundo como cielo.

La entrevista con Larry King, el mítico presentador de los tirantes, era mucho más terrenal, con tópicos incluidos. Al ser preguntado por sus múltiples divorcios, el presentador del extinto *Larry King Live* contestaba:

> «Una vez le pregunté a Stephen Hawking, uno de los tíos más inteligentes del planeta, si había algo en el universo que no entendiera. "Las mujeres", me respondió. "Si ni siquiera él las entiende, ¿cómo voy a hacerlo yo?"»

Aquello me hizo pensar en Ingrid, que se había hecho mujer sin que me diera cuenta. Llevaba casi dos días sin llamarla, así que marqué su número de móvil mientras el camarero me entregaba una bolsa con los bocadillos calientes.

Una vez más me saltó el contestador, con un nuevo mensaje de mi hija:

«Ingrid no puede hablar contigo ahora ni escucha el buzón de voz. Si piensas que tu llamada es urgente, te has equivocado de número. Si es importante, sigue probando. Chao.»

38

Mientras completaba mi reportaje fotográfico sobre Picasso en Horta, el viernes me di cuenta de que llevaba siete días de investigación y tenía poco o nada que ofrecer a Steiner. Sólo me tranquilizaba que en todo ese tiempo no se había puesto en contacto conmigo.

Eso podía significar que no esperaba grandes resultados por mi parte. Aun así, aproveché que Anouk dormía para cubrir hasta el último lugar donde podría haber estado el cuadro de Membrado. El de la cueva había que darlo por perdido; puesto que el Picasso adolescente no debía de ir sobrado de lienzos, lo más probable era que hubiera pintado encima del dichoso *Idilio*.

Siguiendo un mapa detallado que me había hecho a partir de los artículos sobre 1898 y 1909, tomé una docena de instantáneas con el móvil. Anoté en mi cuaderno los siguientes pies de foto para incorporarlos más tarde:

A) *CASA DE LOS PALLARÈS DONDE PICASSO SE ALOJÓ EN 1898. Actualmente es la vivienda de una familia que no tiene nada que ver con los descendientes de Manuel.*

B) *HOSTAL DEL TROMPET DONDE PICASSO SE ALOJÓ*

CON FERNANDE EN 1909. Ha dejado de ser una fonda. Ahora es una finca privada donde vive una familia de Horta. La hija es asimismo propietaria de la casa donde Picasso tenía su buhardilla para pintar.

Junto con estos dos lugares, donde no había nada que buscar —los actuales inquilinos llevaban décadas allí—, consigné la mazmorra del loco, el bar que había frecuentado Picasso, el Mas del Quiquet y la cueva de Els Ports.

Ninguno de aquellos lugares tenía el menor atractivo para un cazador de tesoros. La vieja prisión era un espacio vacío que formaba parte del ayuntamiento; el bar seguía en activo y no había nada en él que fuera arcano o misterioso; la masía en Els Ports se había convertido en una funcional sala de exposiciones y congresos.

En cuanto a la cueva, era el único lugar que no había pisado por mí mismo, pero tenía un par de fotos tomadas desde el otro margen del río. Parecía del todo imposible que un lugar a la intemperie alojara una pintura al óleo. De haber estado alguna vez allí, sin duda los elementos ya se habrían ocupado de destruirla.

Una vez completado mi recorrido, me resguardé del sol bajo el pórtico del ayuntamiento renacentista. Dos niños pequeños jugaban en la plaza con un cocodrilo de madera con ruedas. Cerca de ellos, una anciana los vigilaba de reojo mientras leía un periódico.

Aquella estampa cotidiana me contagió una súbita serenidad. Aliviado, me di cuenta de que la búsqueda había terminado. Tras una semana llena de accidentes, entendía por fin que no había nada que encontrar. Podía dedicar los tres días que quedaban de plazo a dormir o a perseguir cabras por el monte, pues si alguna vez había habido un cuadro de Picasso por allí, se habría vendido y subastado hacía medio siglo o más.

Satisfecho con esta conclusión, me dispuse a regresar al cuarto. Lo siguiente era dejar a Anouk en un lugar seguro. Había que hacerlo antes de que llegaran los excursionistas de fin de semana y la estancia en Horta se volviera insoportable.

Luego me encerraría secretamente en mi apartamento de Barcelona. Con un poco de suerte, las vacaciones de Ingrid aún podían durar un par de días. Pensaba dedicar sábado y domingo a redactar un informe impecable sobre Picasso en Horta, los dos cuadros perdidos, e incluso el trágico destino del panadero, adjuntando las hipótesis que había esbozado días atrás. Con eso, Steiner se las podría dar de listo cuando se emborrachara con sus clientes de la galería.

La figura de Anouk subiendo la cuesta me dijo que mi modesto cuento de la lechera no sería tan fácil de llevar a cabo.

39

—Pensaba que no querías que te vieran —dije mientras admiraba su melena negra sobre las pálidas mejillas—. De cualquier forma, acabo de terminar mi tarea. Vuelvo a casa.

En los labios de Anouk se dibujó un mohín de decepción.

—Pero... aún no tienes lo que venías a buscar.

—Hay tantos cuadros de Picasso en el pueblo como dentro del museo. Es decir, ninguno. Puedes quedarte con mi habitación, está pagada hasta el lunes, aunque preferiría llevarte a un lugar seguro.

—No quiero pensar en eso ahora —dijo contrariada—. De hecho, he salido a avisarte de que hay un lugar donde aún no has mirado. Si alguien hubiera ocultado en Horta una pieza como la que buscas, sin duda estaría allí.

La imagen de un cheque de 300.000 euros firmado por Steiner me provocó una descarga eléctrica en la columna vertebral. Por improbable que fuera el hallazgo, merecía la pena echar el dado de la fortuna por si me sonreía de una maldita vez.

—De acuerdo, pero luego recojo mis bártulos y me voy. ¿Cuál es ese escondite ideal para el secreto de Picasso?

—El mismo lugar que sirvió de refugio a los templarios en el siglo trece.

—Por favor, no me hables de templarios y cátaros que vomito. Eso es un entretenimiento para excursionistas esotéricos de la nueva era. ¿Qué tiene que ver con Picasso?

—Muchísimo, puesto que el monasterio está al pie de la montaña de Santa Bárbara, que fue su *leitmotiv* en 1909 junto con Fernande.

Recordé lo que había leído sobre Cézanne y la montaña de Santa Victoria. Emulando al pintor francés, Picasso había trabajado durante dos meses con Santa Bárbara y su novia desde un prisma cubista. En la culminación de su experimento había fundido a las dos en una misma imagen que mostraba a la mujer-montaña.

—¿Te refieres al convento de San Salvador? —dije en referencia al monasterio situado en las afueras de Horta.

No lo había tomado en consideración por el carácter laico de Picasso, pero me sorprendía de mí mismo que hubiera dejado de visitar el monumento más emblemático del lugar.

Miré en dirección a la montaña de Santa Bárbara y luego posé mis ojos en la montaña que nacía del vientre de Anouk.

—¿Crees que estás en condiciones de subir al monasterio?

—Y hasta la cima de la montaña también —sonrió—. ¿Olvidas que era una campeona de atletismo? Aunque lleve un pasajero, sigo teniendo fondo.

—Vamos, entonces.

Me tomó de la mano y empezamos a ascender a paso lento por una calle empedrada.

No se veía ni un alma aquel viernes por la mañana, como si los lugareños recelaran de la tempestad que acababa de retirarse. Mientras avanzábamos en silencio hacia el pie de la montaña, pensé que me sentía bien con aquella mano fría y delicada en la mía. De forma consciente, aminoré aún más el paso para alargar el momento. No quería soltarla.

Anouk se dio cuenta y me dirigió una mirada pícara antes de decir:

—Eres un caracol.

—Lo hago por ti... A ver si vas a dar a luz en ese convento.

40

Llegamos a las puertas del monasterio bajo un cielo intensamente azul. Una amplia escalinata llevaba a la entrada de un
edificio mucho más imponente de lo que esperaba.

Sin duda habría mil recovecos donde esconder algo. Otra
cosa era que tuviera sentido que Membrado ocultara allí un
cuadro regalado por Picasso. Fuera como fuese, puestos a completar mi viaje al centro de la nada, no me importaba pasar mi
último día en Horta examinando palmo a palmo aquel convento gigantesco.

Sólo había un problema: estaba cerrado.

—Mala suerte —concluí—. Debe de abrir sólo en fin de
semana. Otra vez será.

—Si me das un poco de tiempo, puedo conseguir la llave.

—¿Cuánto tiempo? —pregunté impaciente.

—Digamos que hasta el mediodía. Tengo el teléfono del
sacerdote que lleva la parroquia de Horta, entre otras. Le he
llamado antes de salir, pero no estaba en casa. Seguramente
a la hora del almuerzo lo encontremos y nos dé la llave.

—No sé cómo puedes estar tan segura —gruñí.

—Ya estaba aquí hace diez años. Al entrevistarlo, noté
que yo le gustaba. Si te presento como mi esposo, seguro que

no tendrá inconveniente en que nos encomendemos al santo por la salud de nuestro hijo. Con un poco de suerte, le dará pereza subir y podremos indagar a nuestras anchas.

Miré la hora en mi móvil: eran poco más de las diez. Resignado a aplazar mi marcha unas cuantas horas, resolví:

—De acuerdo, pero me entra claustrofobia sólo pensar en encerrarme otra vez en el cuarto.

—No tenemos por qué hacerlo —repuso muy alegre—. Me veo capaz de subir hasta la cima de Santa Bárbara y bajar por el otro lado antes de ir en busca del cura. ¿Te animas?

Anouk me ofreció nuevamente la mano con la seguridad de que no iba a negarme.

Bordeamos el lado izquierdo del convento para tomar un sendero que llevaba, según me contó ella, hasta una ermita derruida y una cueva parecida a la de Els Ports. Al parecer, Picasso y Pallarès habían pasado alguna noche allí, antes de darse cuenta de que estaba demasiado cerca del pueblo para ser una aventura.

Había pasado por alto la existencia de esa otra cueva, lo cual demostraba que mi preparación había sido de lo más deficiente.

Tomé aquella excursión como despedida de una mujer de la que me estaba encariñando más de lo que era sensato. Al pensar en ello sentí una punzada de nostalgia anticipada.

Como si Anouk hubiera leído mi estado de ánimo, me distrajo con anécdotas sobre el santo local que le había explicado el sacerdote diez años atrás. Mientras ascendíamos bajo la solana me dije que aquella mujer, diez años atrás, debía de haber sido una buena inspiración para las fantasías del cura.

—Salvador era un huérfano de Santa Coloma de Farners que tuvo que trabajar de zapatero antes de poderse dedicar a la vida religiosa. Después de una temporada en el convento de Tortosa, llegó por estas tierras y se hizo famoso por sus milagros.

—¿Qué milagros?

—Según cuentan, devolvió el habla a una niña muda. Fra Salvador ya era muy conocido entonces, así que un matrimonio de Castilla fue a verle a este monasterio para que curara a su hija, que era sordomuda de nacimiento. El santo obró el milagro y la niña empezó a hablar por primera vez, pero en catalán. Los padres se asustaron porque no entendían nada de lo que decía.

—Les debió de parecer la niña del exorcista —bromeé.

—Algo así, pero el santo los tranquilizó al decirles que su hija hablaría castellano sólo cruzar los límites de Cataluña, o la lengua de cualquier otro territorio por el que pasaran.

—Un portento de niña. Hoy habría trabajado en la ONU.

—No te rías del santo —Anouk me dio un codazo—. Aún no sabes si tendrá que interceder por ti.

41

Hicimos una parada en lo que había sido la ermita de Sant Salvador. Pese a que el calor empezaba a ser sofocante, una brisa reparadora hizo que nos sentáramos sobre dos pedruscos a contemplar las vistas desde lo alto de Santa Bárbara.

De nuevo me dije que aquel paisaje seco y abrupto me recordaba más al oeste americano que a un país mediterráneo. Tal vez por eso Picasso se había enamorado de aquella parte del mundo, porque era distinta a todo lo que había conocido.

Al imaginar al genio en aquella misma atalaya, me surgió una duda que expresé a mi compañera accidental de viaje.

—Hay algo que no entiendo. Me estoy volviendo loco para indagar sobre el único cuadro que dejó Picasso aquí, pero en sus dos estancias debió de generar cientos de bocetos y cuadros. Si tan prendado estaba de Horta, ¿por qué en este museo no hay un solo original?

—Es una historia complicada —empezó Anouk—. De hecho, en la década de los sesenta una delegación de Horta de Sant Joan, incluido el alcalde, fue a visitar a Picasso a Francia para abrir aquí un museo con sus obras.

—Por aquel entonces, estaría frito de tantas peticiones.

—Desde luego, por eso no recibía a nadie. Su hija Paloma era aún más radical y cuando le pedían obras de su padre decía «quien quiera Picassos que los pague». Pero esta vez él hizo una excepción y los recibió. Dijo que la gente de Horta era amiga suya.

—¿Por qué no les donó entonces unas cuantas obras de su juventud aquí? —pregunté extrañado.

—Quiso hacerlo, pero puso sus condiciones. Dijo que donaría cuadros siempre que se abriera un museo dedicado a sus obras y a las de su amigo. Es decir, un museo Picasso-Pallarès. El problema fue que los retratos de Pallarès estaban repartidos entre su familia en un momento en el que había tensiones por temas de herencia. No hubo manera de ponerse de acuerdo para reunir las obras y finalmente Picasso murió, con lo que el proyecto se fue al traste.

—Debió de ser una gran decepción para los que luchaban por el museo. Esto sería ahora un destino turístico de primer orden.

—Sí, Palau i Fabre les dijo: «Lo que os ha pasado con Picasso es como si os hubiera tocado la lotería y no os dejaran cobrar el billete».

Tras aquella agradable pausa, bajamos por el lado opuesto de la montaña. Anouk se mostraba extrañamente alegre, como si la excursión no fuera una despedida, sino el inicio de algo que yo desconocía.

No tardamos en llegar a una cueva muy sencilla con una imagen de san Salvador. Al parecer, antes de acoger a los amigos pintores, aquel pedrusco había servido al religioso para meditar sin asarse bajo el sol que caía a plomo.

—Tenía un gran sentido del humor fra Salvador —dijo ella—. ¿Sabías que una vez se cayó en un matorral de zarzamoras? El santo estaba tan enfadado con los pinchos que maldijo la planta y se dice que empezó a crecer una variedad parecida, la *romiguera*, que carece de espinas.

—Esas bobadas sólo las creen las viejas que van a misa un día sí y otro también.

—Nunca se sabe —rió Anouk—. ¿Has pedido alguna vez un deseo a un santo?

—Desde luego que no. ¿Debería?

—No pierdes nada por intentarlo.

Acto seguido, señaló la pequeña imagen del santo adosada a la roca.

Me sentía relajado por primera vez desde que había salido de casa, así que me presté al juego y me arrodillé al lado de san Salvador. Emití unos cuantos susurros para hacer ver que pedía algo. Luego me levanté y dije:

—Ya está pedido. ¿Va a tardar mucho en cumplirse?

—Depende del número de peticiones que tenga. Esto de los santos es como los funcionarios: si tienen mucho trabajo, tardan más.

—Pues yo no creo que éste tenga mucho trabajo. Aquí no sube ni Dios.

—Entonces estás de suerte —dijo ella—, porque lo tuyo irá rápido.

Antes de entender de qué estábamos hablando, Anouk me rodeó con sus brazos y me atrajo hacia ella. Entonces nos besamos.

42

Cuando nuestros labios se despegaron, ella me miró perpleja, como si le sorprendiera igual que a mí lo que acababa de suceder.

Por primera vez, desde mi adolescencia, no supe qué hacer en aquella situación. Anouk me gustaba mucho, pero su embarazo me hacía dudar de cuál era el código correcto. Antes de abrazarla nuevamente, le acaricié la mejilla sofocada hasta peinar sus cabellos tras la oreja.

Ella apartó mi mano con suavidad.

—Creo que no ha sido una buena idea —se disculpó—. Tú vas a marcharte y yo... bueno, ya sabes bastante de mi vida. No me encuentro justamente en el momento más fácil.

—Ni yo tampoco. Soy un náufrago, igual que tú. Tal vez si remamos en la misma dirección lleguemos a algún sitio.

—No lo creo —dijo repentinamente seria.

A partir de aquí se instaló entre nosotros un silencio opresivo, como si aquella demostración de amor hubiera llegado demasiado pronto y algo se hubiera roto. Pero yo tenía cierta práctica en fracasar con las mujeres, así que encontré las palabras justas para volver a la comodidad.

—La culpa la tiene el santo, que está tan aburrido que hace milagros que nadie le ha pedido. Vamos a buscar a ese cura que sueña contigo para que nos dé la llave.

Anouk reaccionó con una sonrisa de alivio. Luego me tomó por la cintura para que bajáramos la pendiente. Aquello podía entenderse como un gesto de reconciliación —aquí no ha pasado nada y vamos a ser sólo amigos— o como una muestra del misterio femenino del que hablaban Larry King y Stephen Hawking.

Al llegar de nuevo a la escalinata del monasterio, una novedad me distrajo del cóctel de emociones que el beso había agitado en mi interior.

—La puerta está abierta —constaté—. Tu sacerdote debe de tener un *tour*. Mejor, así no tendremos que ir a buscarle.

Entramos sin prisas en lo que resultó ser una joya de la arquitectura gótica en buen estado de conservación.

Tras dar una vuelta por el claustro, caminamos bajo los arcos que sostenían la nave de la iglesia, que exhibía una imagen de san Salvador en el altar.

Dos velones encendidos indicaban que alguna devota acababa de pasar por allí. Supuse que el grupo de visita estaría recorriendo el perímetro exterior del monasterio, ya que en aquel momento estábamos solos, además del santo que parecía observar nuestros movimientos con fijeza.

Anouk se había sentado en el primer banco. Entrecerró los ojos, como si la temperatura fresca del convento hubiera relajado sus músculos después del esfuerzo. La luz cegadora del sol se filtraba por los ventanales creando un poderoso juego de claroscuros.

—He leído que esto fue un monasterio franciscano hasta 1835 —dije por hablar—. Luego quedó vacío.

Contradiciendo lo que acababa de declarar, un movimiento en el suelo me hizo bajar la mirada hacia lo que resultó ser una rata. Era grande y musculosa. Tal vez por eso, se atrevió a ponerse en pie y emitió un chillido que resonó en la nave como un arma afilada.

Anouk miró el roedor con expresión de espanto.

Levanté la voz para ahuyentar a la rata:

—Lárgate antes de que el santo te convierta en un monedero de feria.

Justo entonces se oyó un estruendo a nuestra espalda. Se acababa de cerrar la puerta del convento.

43

La rata se había asustado con el portazo y corría bajo los bancos agitando su gruesa cola.

Yo estaba tan perplejo que me di cuenta de que había olvidado incluso el motivo por el que estábamos allí. Mientras me giraba hacia la puerta para entender por qué se había cerrado, observé que los muros del monasterio estaban desnudos, a excepción de un confesionario que debía de llevar décadas fuera de uso.

Convencido de que ni allí ni en las catacumbas —si las había— se guardaba nada relacionado con Picasso, me encaminé hacia la salida.

Una chirriante música de órgano se apoderó entonces de la capilla. Levanté la mirada para saber si había un organista, o si alguien había activado una grabación. Antes de que pudiera averiguarlo, la música cesó.

Sobre el silencio, ahora sólo se oía la respiración agitada de Anouk, que se había puesto de pie y miraba aterrorizada en todas direcciones.

—No hay que alarmarse tampoco —intenté calmarla—. Simplemente el cura no se ha dado cuenta de que estamos dentro y ha cerrado el convento. Nos aplicaremos el lema de los escapistas: si no salimos por la puerta, saldremos por la ventana.

—Cállate, por favor —dijo con la voz quebrada—. Alguien ha ido a por la llave antes que nosotros. Y está aquí dentro.

Tres golpes secos en el suelo hicieron que me volviera de nuevo.

Anouk tenía razón: no estábamos solos. Una figura delgada nos observaba con atención desde el centro mismo de la nave. Se apoyaba en un bastón con empuñadura de plata. Dos rubíes diminutos brillaron en la penumbra desde la cabeza de una rata.

Sin salir de mi asombro, caminé hacia Steiner con intención de reprenderle por el susto que acababa de darnos.

—¿De dónde ha salido esa rata gigante? —pregunté para rebajar la tensión.

—Como todas, de su madriguera —contestó en el tono grave con el que me había recibido en Sitges—. La rata es sociable por naturaleza. Nunca se pierde una fiesta y disfruta de las asociaciones productivas como la nuestra, ya lo dice el horóscopo.

—Pues se va a llevar una decepción conmigo —dije para agregar cordura a la conversación—. Aparte de un informe sobre los lugares donde no está el cuadro, lo más parecido a un Picasso que he encontrado aquí son las reproducciones del museo.

—Bravo, Leo —el galerista dio un paso adelante—. Sabía que no me equivocaba al elegirte. Porque ya podemos tutearnos, ¿no crees? Aunque no recibas un cheque de seis cifras, te compensaré con un pago adicional por una tarea tan extraordinaria.

—No entiendo nada.

—Eso es bueno —dijo el alemán—. *La nube del no saber* se considera la mejor obra de la escuela mística inglesa del siglo catorce. Todavía hoy nos habla al oído y nos muestra el camino a nuestro Señor.

Una terrible sospecha me heló el corazón.

Busqué con la mirada a Anouk, que contemplaba aterrada a Steiner sin moverse de su sitio. El hombre del bastón avanzó con soltura la pierna ortopédica y declaró:

—Quizá no hayas descubierto el secreto de Picasso, pero me has llevado hasta esa furcia. A eso lo llamo ser cumplidor.

44

Me quedé mudo por espacio de tres segundos. En ese breve lapso, todo aquel rompecabezas siniestro empezó a encajar en mi cabeza.

Lambert y Steiner eran una misma persona. La aterrorizada Anouk en ningún momento había mencionado el apellido de su ex, ni yo me había fijado en el nombre de pila de mi cliente al explorar su web.

Me asombraba que hubiera podido hablar tantas horas con Anouk sobre él sin relacionarlo con el hombre de Sitges. Ahora me parecía evidente. Aunque en terreno llano caminara con soltura, el bastón le servía de apoyo para la pierna ortopédica. Los trapicheos de arte explicaban la vida nómada y los almacenes misteriosos que ella había visto en Canadá, así como su facilidad para la conversación.

Acogiéndome al tópico, lo había catalogado como gay por el solo hecho de residir en Sitges, pero ahora entendía que la galería donde había estado era sólo uno de los garitos que utilizaba aquel traficante de arte. Si encima sus ganancias iban destinadas a la Iglesia del Único Creador, había motivos para temer a aquel estafador.

Me apoyé en el confesionario de madera gastada, como si el mueble litúrgico me fuera a proteger de aquel fanático. Decidí poner las cartas sobre la mesa.

—Veo que me has utilizado como un sucio anzuelo.

—¿Por qué lo dices? —replicó juntando las manos sobre el bastón, mientras vigilaba de reojo a Anouk—. Cada uno de nosotros ha cumplido su parte del trato. Yo te he procurado fondos y tú has investigado el secreto de Picasso. Sabía que acabarías coincidiendo con ella. Tal vez esa zorra no te lo haya dicho, pero basó su fallida tesis doctoral en esos cuadros perdidos. Desde que la conozco, nunca ha dejado de buscarlos.

—Y ahora, ¿qué?

—Puedes volver a casa, Leo. Gracias por hacer compañía a mi chica en estos días complicados. Regresa con tu hija y arregla tus propios asuntos. El lunes recibirás un generoso cheque por tus servicios. Te aconsejo que a partir de entonces te olvides de nosotros tres.

Tal vez por el eco constante de su voz en la capilla, la letanía de Lambert Steiner me tenía hipnotizado. Por un momento, llegué a cuestionar incluso la versión de los hechos que me había dado Anouk. La busqué con la mirada: caminaba hacia nosotros con los ojos muy abiertos mientras se abrazaba instintivamente el vientre.

—Sólo me iré si ella está conforme con acompañarte, Lambert —dije mientras medía mis fuerzas ante la pelea inminente.

Pese a su minusvalía, Steiner era de complexión muy atlética, así que yo tendría que atacar primero si quería dejarlo fuera de combate. Podía empujar la cabina del confesionario sobre él para sorprenderle, o bien lanzarle un gancho bien dirigido.

Anouk se encontraba a un metro escaso de nosotros, como un zombi sin voluntad propia. El triángulo que formábamos era desfavorable al torturador, pensé, puesto que no podía ocuparse de dos frentes a la vez.

Con un rápido movimiento, Lambert desarmó esa suposición al sacar de su cazadora una pistola automática. Apuntó directamente al vientre de la embarazada mientras hablaba en un tono desafectado:

—Ha llegado la hora de las decisiones, Leo. Si no quieres verte metido en un asunto feo, será mejor que te inhibas. Vuelve a sentarte donde estabas y no despegues tu culo de ahí hasta que estemos fuera del convento. Haz lo que te digo o por tu culpa correrá la sangre de la primera víctima. O tal vez de dos.

—¿Serías capaz de disparar sobre tu propio hijo? —exclamé mientras las lágrimas se desbordaban por el rostro de Anouk—. ¿Qué clase de dios loco es el tuyo?

—No te debo ninguna explicación. Da gracias a mi Dios, que también es el tuyo, si te perdona la vida a pesar de tus palabras necias. Y la alimaña que se retuerce ahí dentro ya no es mi hijo. Veo en los ojos de la madre que ni siquiera preñada ha sabido guardarme fidelidad. Por eso los dos merecen morir. Y tú con ellos si te atreves a contrariar la voluntad de Dios.

Con la frialdad que nace de la desesperación, calculé las posibilidades que tenía de hacer caer el arma si me arrojaba contra él. Su dedo estaba apoyado en el gatillo, así que el disparo saldría antes de que pudiera desestabilizarlo. No era una opción.

Recordé que la serpiente de un encantador sigue siempre los movimientos de la flauta. Inspirado por esa imagen, me desplacé ligeramente hacia Anouk con la esperanza de que la pistola se desviara hacia mí.

Aquel movimiento pareció irritar sobremanera a Steiner, que me clavó sus ojos grises mientras apuntaba el arma hacia el vientre de la madre y decía:

—Tú lo has querido.

Un disparo ensordecedor retumbó por todos los rincones de la capilla. Yo había cerrado los ojos ante la fatalidad. No fue hasta que el fragor se extinguió que me atreví a abrirlos, listo para recibir mi propia bala.

Para mi asombro, vi cómo el cuerpo de Steiner se derrumbaba sobre el suelo de piedra.

No entendí qué había sucedido hasta que se abrió la portezuela del confesionario y una chica con coletas azules me increpó:

—Ya era hora de que te apartaras, imbécil. Me tapabas todo el rato a ese hijo de puta.

45

Demostrando que tenía tablas de criminal, Lorelei dirigió el operativo posterior con extrema rapidez. Mientras ella se encargaba de limpiar cualquier rastro de sangre, me mandó ir a por el coche. Por su parte, Anouk tenía como misión conseguir un par de mantas y cuerda resistente para atar el cadáver en un fardo.

La idea era dejar la llave en el buzón del cura y deshacernos del cuerpo de un tipo que, por su existencia itinerante, no sería echado en falta. Para ello habría que esperar a la noche y rezar para que la policía no nos pillara con el canelón de carne muerta en el asiento trasero.

No había lugar para tres vivos en el coche, así que Lorelei decidió llamar a un taxi que llevaría a Anouk a la estación de Tortosa. Dada la situación de emergencia, ella aceptó el plan mientras la suiza y yo discutíamos entre susurros dónde descargar el muerto.

—Yo no me preocuparía de eso ni mucho ni poco —dijo ella—. Después de matar a alguien, lo más fácil del mundo es librarse de un cadáver. Queda el asunto de su coche, hay que alejarlo de aquí. Y tendremos que retirarnos a un lugar tranquilo un par de días, sólo por si acaso.

Hablaba como si fuéramos socios del negocio criminal, cosa que tampoco era tan equivocada.

Necesitamos poco más de dos horas para limpiar la sangre del convento a puerta cerrada, devolver la llave al cura y conducir el coche de Steiner hasta una cooperativa vinícola de la vecina Gandesa. Antes de regresar a Horta, amortajamos el muerto y lo colocamos como una alfombra en el asiento trasero.

Aparcamos mi coche en un descampado cercano al olivo bimilenario. Mientras Lorelei me esperaba en el asiento del copiloto, fui con Anouk a la habitación para recoger nuestras cosas. Agradecí el orden que había instalado contra mi voluntad, ya que en un suspiro salimos con las maletas, como un matrimonio cualquiera que pone fin a sus vacaciones rurales.

La diferencia, en nuestro caso, era que sólo ella subiría al taxi que llegaría a la plaza en cuestión de minutos. A mí me esperaba una tarde de conducción por carreteras secundarias hasta que, al caer la noche, nos pudiéramos librar del muerto.

Nada de esto parecía ocupar los pensamientos de Anouk, que me inundó con sus ojos llenos de agradecimiento. En la plaza llena de lugareños que almorzaban, posé mis manos sobre sus hombros mientras le preguntaba:

—¿Cuándo te veré?

—No lo sé. Como ha dicho tu amiga, lo mejor será que nos dispersemos por un tiempo.

—Espero que sea poco —suspiré mientras un vacío en el estómago me anticipaba el dolor de la separación—. ¿Adónde irás? Puedo prestarte algo de dinero.

—He vaciado la cartera de Lambert —susurró—. Con eso tengo para una temporada. Luego veré.

—Supongo que vuelves a Barcelona —dije mientras acariciaba su barriga—. Este chico está a punto de salir.

—No lo sé. Necesito tranquilidad para digerir todo lo que ha sucedido, pensar mi vida, todo eso... Y en Tortosa hay también un buen hospital.

El taxi bordeó la plaza en aquel momento, lo que nos obligaba a la despedida final.

—Tienes mi número de móvil —le recordé—. Espero que me llames cuando nazca el niño. Me gustará conocerlo.

—A mí también.

El conductor cerró el maletero con un fuerte golpe para hacernos entender que tenía prisa. Antes de que Anouk se metiera en el coche, la sujeté por la cintura y le robé un fugaz beso en los labios.

Cuando el taxi ya había arrancado, corrí a golpear el cristal de la ventanilla.

Anouk bajó el cristal y me miró interrogativamente.

—No me has dicho aún el nombre que pondrás al chico.

—Eso es evidente, ¿no? —sonrió—. Se llamará Pablo.

TERCERA PARTE

Isla de Buda

46

Había perdido la cuenta de las horas que llevábamos circulando perezosamente entre campos de olivos, viñedos y almendros, mientras esperábamos a que anocheciera.

Con una actitud propia de mi hija, Lorelei se había mostrado arisca y enfurruñada desde que habíamos salido de Horta. Yo había intentado sonsacarle dónde había estado los últimos días y, sobre todo, qué le había sucedido a Oriol, pero se había limitado a callar mientras buscaba canciones en la radio.

Ahora sonaba un tema de Charlotte Gainsbourg, cuyo estribillo nos iba como anillo al dedo.

> *In the Time of the Assassins*
> *They say hallelujah*
> *It doesn't take a miracle to raise a*
> *Heart from the dead* [9]

Sólo después de estos versos inspiradores se dignó a hablarme:

---

9. Del inglés: «*En la era de los asesinos / Ellos dicen Aleluya / No se necesita un milagro para despertar / un corazón de la muerte*».

—Es repugnante comprobar que siempre son las mismas las que se llevan a los tíos de calle. Hasta con bombo siguen ligando.

—¿A qué viene eso? —repliqué descolocado ante aquel ataque de celos—. ¿Es que me meto yo en tu vida sentimental?

—No podrías aunque quisieras, porque no tengo. Jamás me he colgado de un tío. Follo cuando me apetece y punto.

—Bueno, tampoco eres tan distinta de mí en eso —dije aliviado de que se hubiera terminado el silencio.

—Sí lo soy. Tengo libertad absoluta, mientras que tú te has enamorado de esa pánfila.

—No sabes de qué hablas —me defendí, incómodo con aquel tema—. Vamos a charlar de otra cosa.

—A mí no me engañas. He visto con qué ojos la mirabas mientras aquel cabronazo la encañonaba.

Por primera vez ese día me entraron ganas de reír, pero me reprimí para no encabritar más a aquella pendenciera.

—No creo que una situación desesperada sirva para juzgar el grado de enamoramiento. Además, tú estabas escondida en el confesionario.

—He visto suficiente para saber que habrías dado la vida por ella si ese cerdo te hubiera ofrecido el canje.

No pude evitar volverme para controlar el fiambre que paseábamos hacía horas, como si aquellas palabras despectivas pudieran despertarlo de la muerte.

Me dispuse a zanjar la cuestión:

—Lo único que cuenta es que nos has salvado la vida a los dos. Es decir, a los tres. Sólo por eso estaré eternamente en deuda contigo, chica terremoto.

—Y pienso cobrarme esa deuda. Esta misma noche.

Tras decir esto, pegó los pies contra el parabrisas mientras se rascaba la rodilla derecha.

—Me hiciste bajar los calzoncillos a punta de pistola, pero no pienso acostarme contigo porque te dé rabia Anouk. Seamos amigos, ¿vale?

Con un gesto indignado, Lorelei aplastó un paquete vacío de chicles y me lo arrojó a la cara.

—No me has entendido, pedazo de mulo. Puedo tener un tío distinto cada noche si me da la gana. Lo que necesito es que, cuando volvamos de la ciénaga, me acompañes a la isla de Buda.

47

Como si estuviéramos realizando una labor de lo más vulgar, mientras descargábamos el muerto junto a una ciénaga, prosiguió la misma discusión que habíamos tenido una semana atrás.

—Ya me obligaste a llevarte allí, ¿lo has olvidado? Y la juerga acabó con el anfitrión criando larvas en la azotea de su casa.

—No sé de qué me hablas. Yo salí de madrugada hacia la isla en un bote. Pensaba que Oriol tendría información más relevante, pero al final sólo había ese artículo y lo que nos contó del faro. Bueno, tampoco estuvo tan mal. En fin, todo lo que nos pasa acaba teniendo sentido si unes los puntos, como dice el pesado de Steve Jobs.

Lorelei hizo una señal de victoria con los dedos al descubrir un motor abandonado junto al pantano. Había localizado con Google Maps aquella ciénaga maloliente, y ese peso serviría para anclar el cadáver a las profundidades.

Mientras ataba el fardo a lo que parecía un motor de tractor, me explicó que si alguna vez vaciaban aquel agujero inmundo, el cuerpo de Lambert Steiner sería irreconocible. Me aseguró que la mayoría de desapariciones no se resolvían jamás, fuera porque había pasado demasiado tiempo, o porque la búsqueda no interesaba a nadie, como podía ser aquel caso.

—Cada día desaparecen yonquis o traficantes en lugares así, y la poli no mueve un dedo para encontrar los cuerpos. Sólo si se trata de alguien poderoso o hay un familiar pesado se acaba investigando.

Detuvimos un momento la conversación para levantar a Steiner. Tras balancearlo entre los dos, lo arrojamos al agua, donde quedó flotando como un extraño nenúfar. Levantar el motor fue más difícil aún, pero finalmente logramos que se hundiera con su lastre hasta el fondo de la ciénaga.

Pringado de grasa y con olor a muerto, me aseguré de que no habíamos dejado rastro. Luego volví al coche convertido en un criminal como Lorelei.

—Tendríamos que buscar donde ducharnos —dije mientras arrancaba el coche de nuevo—. Pero no me gusta la idea de que vayamos a un hotel.

—¿Por qué no?

—Somos una pareja algo llamativa. Entre que te doblo la edad y la pinta que llevas, es posible que una vez en la habitación el dueño del hotel llame a la policía.

—Puedo hacerme pasar por tu hija, si te da mal rollo —dijo apoyando nuevamente los pies en el cristal delantero.

—¿Quién se lo va a creer? —repuse mientras conducía, extrañamente relajado, por la carretera desierta—. En nuestra documentación no coincide ni siquiera la nacionalidad. Será mejor que cada cual se inscriba en una habitación con su propio nombre. Iremos a un hotel grande.

—Y mañana a Buda. Has prometido llevarme, Leo. Una vez cumplas tu promesa, serás libre de perseguir mujeres preñadas o lo que se te ponga a tiro.

—Lo tuyo es una fijación. ¿No dices que ya has estado allí?

—*Bien sûr* —contestó en francés—. Por eso quiero volver... contigo. Hay algo allí que te interesará.

—No imagino qué puede interesarme para entrar en una reserva y exponerme a meterme en más líos. ¿Tengo cara de perseguir el avetoro ése o los pájaros de Siberia?

—Espera y lo sabrás —dijo mientras hinchaba un enorme globo de chicle—. He descubierto que las sincronicidades no se producen sólo con los nombres de lugares. Si miras y escuchas con atención, al final te das cuenta de que todo encaja. Una historia ayuda a explicar otra con la que aparentemente no tiene relación alguna.

No sabía de qué me estaba hablando, pero me di cuenta de lo lejos que empezaba a quedar Lambert Steiner. Tal vez por el naufragio constante en que se había convertido mi vida, en un par de semanas habría olvidado que aquel infeliz reposaba en el fondo del pantano.

De Anouk no podía decir lo mismo, puesto que sólo entrar en Tortosa mis ojos la buscaron en cada calle aquella madrugada de viernes. Me pregunté si se habría quedado en la pequeña ciudad del Ebro, como había sugerido al despedirnos.

—Bueno, ¿vas a buscar un hotel o qué? —se quejó Lore—. Necesito quitarme el olor a muerto y meterme en el sobre.

48

El hotel Berenguer IV parecía lo bastante grande y funcional para alojar a dos forajidos como nosotros sin levantar demasiadas sospechas.

Mientras Lorelei se inscribía en una habitación individual, me quedé en la puerta de la calle a calibrar el bullicio. Aunque eran ya las tres de la madrugada, se oía pasar a lo lejos coches con la música a tope. Podía ser gente que volvía de fiesta o que enlazaba con un *after* hasta el sábado por la mañana.

Desde aquel entorno urbano, el pequeño mundo de Horta parecía algo tan remoto como mi vida en California.

Vencido por el sueño, entré en recepción y pedí una habitación para mí solo. La mujer gruesa que atendía el turno de noche me miró a través de las gafas y preguntó:

—Le daré la contigua a la de la señorita.

—No es necesario —dije molesto por haber sido descubierto—. Mi sobrina es lo bastante mayor para estar a su aire.

—Ella lo ha pedido expresamente. Dos noches, ¿verdad?

Estuve a punto de decirle que no, pero tras pensarlo un instante comprendí que hasta la madrugada del sábado no tomaríamos ese bote a la isla. Por otra parte, me veía perfectamente capaz de dormir veinticuatro horas seguidas.

Tras descargar mi maleta en la habitación, me metí sin más demora bajo la ducha. Mientras el chorro de agua caliente arrancaba de mi piel la grasa, el sudor y el olor a muerto, me asaltó un cansancio infinito que nada tenía que ver con el sueño.

Estaba harto de ir a la deriva, de no tener dinero, de dar palos de ciego, de funcionar al margen de la ley, de la soledad de los hoteles, de no tener a mi lado a la mujer que amaba.

En definitiva, estaba harto de mí mismo.

Salí del baño con un albornoz que me iba corto. Me disponía a visitar el mueble bar antes de meterme en la cama, cuando llamaron a la puerta.

Cinco segundos después tenía a Lorelei en la habitación. Vestida con un pijama que la hacía parecer tan joven como mi hija, llevaba en la mano tres hojas grapadas.

Sin pedirme permiso, saltó sobre la cama de matrimonio y encendió el televisor con el mando a distancia.

—¿Qué son estas confianzas?

—Creía que habías convocado una fiesta de pijama.

—Muy gracioso —gruñí.

—Bueno, la verdad es que el mar me pone triste —dijo mientras se entregaba a un zapeo frenético—. Es mi único punto débil, ahora ya lo sabes.

Lore se había deshecho las coletas y el pelo azul le caía sobre la frente como un estropajo. Con ese peinado y el pijama tenía un aspecto desvalido que hizo que la mirara con lástima.

—¿Quieres una Fanta del mueble bar?

—Mejor un whisky solo sin hielo.

Tomé un botellín de Ballantines y lo vertí en un vaso de plástico con gesto de camarero amargado. Por mi parte, me agencié una cerveza antes de acomodarme a su lado ante el baile de programas.

—¿Por qué has dicho eso del mar? Tortosa no es una ciudad costera, a no ser que confundas el Ebro con el Mediterráneo.

—Da igual. Siento que el mar está cerca. Por eso vine a buscar tu compañía en Deltebre —dijo sin apartar sus ojos azules de la pantalla del televisor—. No soporto estar sola cuando rompen las olas.

—Por eso quieres que te acompañe a la isla de Buda —dije tras dar un largo trago a la cerveza—. Después de lo que has hecho por mí, cuenta con ello. Por cierto, ¿qué hacías en Horta? Todavía no entiendo cómo apareciste en el lugar y el momento justo.

—Eso te lo explico mañana con el desayuno. O a la hora de comer, porque llevo tantos días sin dormir que no sé cuándo voy a abrir los ojos.

—De acuerdo, pero yo quiero acostarme ahora, no ver cien canales de tele a la vez. Me pone de los nervios.

—Pues a mí me relaja.

Tomé conciencia de que podría tener exactamente aquella conversación con Ingrid un viernes por la noche. La diferencia era que yo creía saber todo —o casi todo— de mi hija, mientras que la delincuente del pelo azul era una absoluta desconocida.

No sabía nada de su pasado, ni qué le pasaba por la cabeza en aquel momento. Asimismo, era para mí un misterio qué pretendía con ese retorno a Buda, donde había algo que me tenía que interesar.

Lorelei vació el vaso de whisky y dijo:

—En realidad, sólo he venido a traerte un cuento. Quiero que lo leas, porque lo escribió una persona que será muy importante para ti.

49

EL ACUARIO

Una de las gotitas de agua de la filtración de aquella casa siguió un largo camino, desde las cloacas, hasta llegar al mar. Allí cambió su composición, se purificó de oxígeno y se añadió a ella agua salada.

Veintitrés días después fue sorbida por una cañería submarina que procedía del acuario de la ciudad. Era el conducto que renovaba el agua de los tanques. Al cabo de poco, la gota salió expulsada entre burbujas a una pecera.

Una chica de unos diecinueve años, de pelo largo y negro, miraba desde el otro lado del grueso vidrio.

Iba enfundada en un abrigo porque hacía frío aquel día. No sabía muy bien qué hacía allí, en el acuario. Había hecho novillos en la universidad, y después de vagar por las calles se había metido en aquel lugar. Quizá quería estar sola. Era un buen lugar, aquel, para estar solo.

El Acuario Municipal era un edificio muy antiguo. Tenía un estanque central con unas tortugas marinas y, entre la oscuridad de sus pasillos, se extendía una docena de peceras débilmente iluminadas por fluorescentes verdes.

La chica, mientras andaba por los pasillos, pensaba por qué diablos había hecho novillos de la universidad y no encontraba la respuesta exacta. Ciertamente había mañanas que no le interesaban las clases, pero la sensación de aquel día era muy fuerte. Sentía que no le interesaba nada lo que aprendía, ni tampoco nada de nada la ciudad y su vida.

Rondaba ante el acuario de los peces emperador, cuando se dio cuenta de que una pecera del otro extremo estaba vacía.

Se acercó para comprobar no sólo esto, sino que, además, tal como le había parecido, perdía agua. Era un minúsculo escape de agua, pero se veía de lejos porque brillaba bastante, según el ángulo desde el que se contemplara.

Ella acercó instintivamente el dedo al agua para comprobarlo. Ciertamente era un escape.

Cuando se dirigía a la entrada para avisar al vigilante, se dio cuenta de que le apretaba un zapato. La gotita de agua que tenía en la punta del dedo brilló al agacharse, y resbaló por su pierna mientras se aflojaba el calzado.

Le pareció que se mareaba. Por un momento, experimentó una extraña sensación de vahído y la vista se le nubló.

Intentó incorporarse pero no podía. Intentó gritar, pero no le respondía la voz. Aun así, no podía ser nada grave, porque rápidamente recuperó la vista y el conocimiento.

Sin embargo, se dio cuenta de que no podía andar. Haciendo un enorme esfuerzo logró deslizarse hasta el estanque central para, con bastante trabajo, incorporarse a la barandilla.

Estaba justamente así, cuando el encargado de dar comida a los peces y velar en general por las instalaciones la descubrió. Tuvo la sensación de que, efectivamente, ella no se encontraba bien.

Era un buen hombre, bajito, con barba, bastante sencillo, y su reacción fue muy rápida al darse cuenta. Cuando se le acercó para preguntarle si necesitaba algo, vio que la chica tenía un papel cuadriculado en la mano. Parecía una nota que ella hubiera escrito muy rápidamente.

Cuando la policía, mientras buscaba a la desaparecida, lo interrogó tres días más tarde, no dijo la verdad. No mencionó la nota, ni habló de la chica. La policía perdió su rastro, y su familia también.

El encargado no contó cómo la chica se había subido a la barandilla, a pesar de que la mitad del cuerpo se había convertido en una cola de pez, y cómo había saltado al estanque.

Tampoco dijo nada de cómo aquella noche, mientras seguía las instrucciones de la nota, él la había depositado en el mar.

ELOI S.

50

Me desperté poco antes del mediodía con aquel cuento en la cabeza, que me había sumido en una extraña y acuática melancolía.

Lorelei había abandonado mi habitación en pijama antes de que lo terminara, como si sólo quisiera asegurarse de que efectivamente lo leía. Por eso mismo no había podido preguntarle por qué me lo había entregado, ni quién era aquel Eloi S. que firmaba el texto y que iba a ser importante para mí. Tampoco entendía qué tenía eso que ver con la urgencia de regresar a Buda.

Mientras me vestía para desayunar, me dije que Lore era la persona más imprevisible que había conocido jamás. La había visto disparar sobre un hombre a sangre fría y lanzar el cuerpo a un pantano con total indiferencia. Si tenía un deseo sexual, se limitaba a seguirlo sin más problemas. La noche anterior se había presentado como un alma en pena con aquel cuento triste, que además estaba escrito con máquina de escribir.

Definitivamente, aquella chica era su propio enigma. Tal vez ni siquiera ella supiera por qué hacía las cosas. O simplemente las hacía porque consideraba que había llegado el momento.

Si tenía que matar, actuaba con la misma facilidad con la que masticaba chicle o metía la mano bajo el pantalón de un tío.

Bajé en ascensor, imaginando que Lorelei dormía a aquellas horas tras una interminable noche de zapeo. Sin embargo, la encontré en el comedor delante de un plato de tallarines con gambas.

Sus coletas azules estaban tensas y horizontales. Volvía a llevar el vestido corto de cuero con arañas doradas. Sus piernas blancas mostraban el ataque de una legión de mosquitos, probablemente durante su anterior estancia en la isla. Las botas militares perfectamente lustradas completaban su indumentaria.

Me senté frente a ella y pedí un café con leche y un muffin. Eso era todo lo que era capaz de tragar sólo levantarme.

Lorelei sorbía los tallarines como si estuviera en un restaurante japonés. De vez en cuando levantaba la cabeza y me lanzaba una mirada obstinada. Deduje que esperaba algún tipo de comentario sobre el cuento mecanografiado. Y lo cierto era que no sabía qué decir, así que me limité a preguntar:

—¿Quién es Eloi S.?

La suiza me dirigió una mirada azul antes de decirme:

—Alguien que no conoces, ni yo tampoco. Alguien que dejó de existir antes de que yo naciera. Antes incluso de que un viejuno como tú viniera al mundo. ¿No te has dado cuenta de que el texto está escrito a máquina?

—Perfectamente. Se trata, entonces, del manuscrito original de ese alguien que dejó de existir antes de nosotros y que, por algún motivo, va a ser importante para mí. ¿Es eso?

—Ajá.

Mi interlocutora hizo bailar un par de gambas al sorber los tallarines. Con la tranquilidad de quien tiene tiempo para perder, mojé mi muffin en el café con leche y le asesté un mordisco antes de preguntar con ingenuidad:

—Y ¿por qué será importante para mí el autor de *El acuario*?

—Porque es la única persona que llegó a ver lo que estás buscando hace una semana.

51

Proseguimos la conversación camino del puente sobre el Ebro, aprovechando que el mediodía no era especialmente caluroso.

La revelación estaba a punto de precipitarse y no valía la pena seguir alargando el asunto. Tal vez por eso, Lorelei me contó casi todo lo que sabía sobre lo que había dado comienzo ocho días atrás, en la galería de un hombre que ahora era pasto de los peces.

—Soy curiosa como un gato —reconoció— y, como no tengo necesidad de trabajar, me gusta husmear en las vidas de otros. Necesito averiguar qué es lo que les mueve. Siento que mi vida no tiene finalidad, por eso me fascina la de los demás.

—Y ahora has tenido que meter tus narices en mi trabajo en Horta de Sant Joan.

—Hace años investigué un misterio de la vida de Einstein. Luego compré una casa en Cadaqués animada por mi madrastra, que está encantada de tenerme lejos. Cuando me aburrí de la Costa Brava, empecé el juego de Buda. Ahora entiendo que no fue casual, porque me ha llevado hasta ti y también me ha puesto en la pista del secreto de Picasso.

Me alegré de que por fin las cartas estuvieran sobre la mesa. Había demasiadas personas interesadas en aquel cuadro fantasma, me dije. Steiner lo había usado como cebo para capturar a su ex novia embarazada, aunque tal vez anhelaba que fuera una obra mística que confirmara su teoría de la creatividad. Anouk había buscado en el mismo lienzo el despertar del arte moderno. Y yo había esperado encontrar en él la prueba de un episodio amoroso censurable para su época.

Empezaba a entender que cada cual proyectaba en el cuadro perdido lo que deseaba ver. Sólo faltaba saber qué papel desempeñaba Lorelei en aquella farsa. Ni siquiera tuve que preguntarle, porque ella misma se encargó de contarlo:

—No fue difícil saber lo que andabas buscando, porque vas dejando pistas por todas partes. En la guantera del coche tenías la guía de viaje, y entre los asientos encontré un recorte de periódico sobre los años de formación de Picasso. Durante los días que pasé en Buda, me dediqué a indagar qué puede haber en ese pueblo que interese a un yanqui muerto de hambre.

—Y averiguaste lo del cuadro perdido con ayuda de tu sifón —añadí utilizando su neologismo.

—Un Picasso de esa época valdría muchos millones, así que imaginé que no estabas solo en tu búsqueda. Cuando me aburrí de la isla, me apeteció observar de cerca vuestra misión imposible. Vi llegar al pueblo un coche mucho más potente que el tuyo. Sólo mirar al tipo, supe que tendrías problemas y decidí convertirme en su sombra. Eso sí, no me esperaba que la cosa tomara un giro tan melodramático. Si te soy sincera, me encantó apretar el gatillo para ponerle fin.

Dos barcazas pasaban bajo el puente sobre el Ebro con un cargamento de sacos de arroz. Mientras seguía su lento navegar, llegué a la conclusión de que, tras dos horas de confidencias, era incapaz de saber qué pensaba de Lorelei. ¿Era un ángel de la guarda o un demonio implacable?

Probablemente ambas cosas a la vez.

—¿Por qué dices que es misión imposible encontrar ese cuadro? —le pregunté con la certeza de que había llegado más lejos que yo.

—Ese cuadro dejó de existir hace más de cincuenta años, de eso no hay duda. Pero alguien lo tuvo y contó cómo era a alguien que todavía vive, pero no en Horta.

—¿Dónde entonces?

—En la isla de Buda. Los hilos del destino nunca trazan un camino en falso, aunque sea circular. La misma sincronicidad que me llevó hasta ti me ha regalado una respuesta que ya no esperabas encontrar.

Estaba tan asombrado ante aquel anuncio que me quedé mudo un buen rato. Antes de saber si me estaba lanzando un farol, le pregunté algo que me parecía obvio:

—Hay algo aquí que no encaja. Desde el principio me dijiste que en la isla de Buda no vive nadie, así que no entiendo...

—Dije *casi* nadie —puntualizó ella.

—Entonces te refieres al vigilante. Él es la única persona que merodea por allí durante el día.

—Ese hombre sólo sabe de pájaros y, para que no nos monte un pollo, tendremos que viajar en plena noche. Piensa un poco más, Leo. Es cierto lo que acabas de decir, pero me estás hablando de la parte de Buda que es reserva natural. Ten en cuenta que hay otra mitad que es propiedad privada.

Recordé lo que Lore me había contado en nuestro primer viaje en coche. Además de la reserva natural, una parcela de la isla estaba ocupada por la última casa habitada de aquel lugar.

—Me hablaste de una pareja mayor. Ellos son los últimos habitantes de Buda, además de ese vigilante diurno. ¿Cómo pueden saber ellos lo que había en un cuadro a treinta kilómetros de la isla?

—Tendrás que venir conmigo a conocer la historia por ti mismo. Pero no son una pareja, sino dos ancianas que se llaman Patricia y Soraya. Cuando la que vivía en Buda enviudó, hizo venir a su hermana, que es quien cuida de ella. La vieja Patri ha ido perdiendo memoria y no se vale por sí misma, pero en cambio recuerda perfectamente lo que pasó.

52

El desembarco en Buda se había fijado a las dos de la madrugada del sábado al domingo, así que bastaba con salir del hotel a medianoche.

Dediqué el resto del día a recuperar horas de sueño, aunque a media tarde Lorelei —había pedido un duplicado de mi llave— me despertó con una película gore de un canal de pago. Las carcajadas de la suiza me provocaron un sobresalto.

—¿Qué diablos haces?

—Hace tiempo que quería ver esta película. ¿No conoces *El centrípeto humano*?

—Pues no —dije mientras, en la pantalla, dos chicas huían aterrorizadas de un médico—. ¿De qué va?

—Es la historia de un cirujano que ha dedicado toda su carrera a operar siameses hasta que se vuelve loco. Llega a la conclusión de que, tras toda una vida separando, ha llegado el momento de unir. Para cumplir su sueño de crear el centrípeto humano, un nuevo ser ideado por él, se propone unir a tres personas por el aparato digestivo. Es decir, de atrás a adelante, el monstruo está formado por recto, cabeza, recto, cabeza, recto y cabeza. Por supuesto, si te pillan para la operación, mejor ser el de delante.

Metí mi propia cabeza debajo la almohada mientras la que me llevaría hasta el secreto de Picasso seguía riendo a mandíbula partida.

Lorelei me condujo por el puerto de Deltebre hasta el bote que nos llevaría a nuestro destino. Por el mal estado de las tablas, parecía que nadie lo hubiera utilizado durante años, a excepción de ella, que ya había hecho el viaje de ida y vuelta en aquella misma embarcación.

El asunto fue tan fácil como desatar el bote y empezar a remar muy suavemente para no hacer ruido.

Mientras la sombra de Buda se perfilaba en la noche, continué con mi interrogatorio para comprender lo que nos esperaba.

—Vamos a ver —dije en voz baja—. Entiendo que la noche es la única manera de escapar a la mirada del vigilante, pero ¿cómo conseguiste hablar con esas hermanas?

—Llegué hasta ellas por casualidad. Primero estuve vagando por lo que había sido el pueblo de Buda. Está tan bien conservado que da miedo y todo, porque no hay nadie. Además, todas las puertas están cerradas con llave. Di varias vueltas a un complejo de edificios donde está la iglesia, la antigua escuela y varias viviendas, pero estaba todo chapado.

—¿Y qué hiciste entonces?

—Eran ya las seis de la madrugada, pero me apetecía seguir explorando la isla, así que decidí cruzar el límite de la reserva y meterme en la propiedad privada.

—Al más puro estilo Lorelei —dije mientras nuestro bote ya tocaba tierra—. ¿Y qué descubriste?

La protagonista de aquella aventura saltó con agilidad a tierra y buscó un arbusto donde amarrar el bote. Luego me ofreció la mano mientras me decía:

—Vas a verlo con tus propios ojos.

53

La luna se veía tan cercana y gigantesca aquella noche que Lorelei ni siquiera tuvo que encender la linterna. La superficie desierta de Buda resplandecía con un fulgor lechoso y sobrenatural.

Que en pleno delta del Ebro crecieran palmeras altas y esbeltas como en California contribuía a aquella sensación de extrañeza.

Mi guía marcaba el paso con la seguridad de una experta en el territorio. Antes de mostrarme lo que debía ver con mis propios ojos, me llevó hasta el pueblo abandonado de Buda. Los edificios de estilo lejanamente colonial me produjeron la misma inquietud que había experimentado la suiza.

Aunque sólo los grillos quebraban el silencio, parecía el escenario de una película que tuviera que llenarse de actores al día siguiente.

—Conociéndote —comenté—, me extraña que no hayas forzado una puerta para meter las narices en el pueblo fantasma.

—Lo hubiera hecho de no haber encontrado la casa de las viejas al otro extremo de la isla. Enseguida comprendí que allí había todo lo que necesitaba saber.

—Vayamos entonces, aunque deben de estar durmiendo a estas horas. ¿Queda muy lejos?

—No puede estarlo. Esta isla sólo tiene seis kilómetros de longitud. Por muy lento que camines, antes de una hora vuelves a estar en el mar. Sólo hemos de evitar los dos cajones para no mojarnos los pies.

—¿Qué es eso de los cajones?

—Así es como se llaman las dos lagunas de Buda, el Cajón Grande y el Cajón de Mar. Todos esos pajarracos raros viven ahí.

El paseo nocturno prosiguió lleno de historias que demostraban que Lorelei se había estudiado al dedillo todo lo relativo a la isla. Me contó que por Sant Pere, el patrón de Buda, gente de pueblos cercanos continuaba haciendo una romería con carretas tiradas por caballos. Aquella festividad revivía los tiempos en los que doscientos habitantes vivían del cultivo del arroz. Por aquel entonces, la misma iglesia se utilizaba de escuela.

—En 1924, los hermanos Joan y Pere Borés compraron la mitad septentrional de la isla —explicó Lorelei—, que ya se había despoblado. La otra mitad pasó a ser propiedad del departamento de medio ambiente.

—¿Esos hermanos eran recolectores de arroz?

—Al contrario, su idea era conservar los humedales en estado salvaje para que no se convirtieran en otra explotación agrícola, como en el resto del Delta. A ellos les gustaba cazar patos y pescar en los cajones. Con esas aficiones, habían comprado un paraíso en Buda a precio de saldo.

—Cuesta imaginar que no hubiera nadie más interesado en adquirir la mayor isla de Cataluña —comenté mientras a lo lejos ya se perfilaba una masía.

La luz encendida en la ventana indicaba que nos estaban esperando.

—En aquella época nadie quería vivir cerca de los humedales, porque desprendían mal olor y estaban plagados de mosquitos que transmitían enfermedades. Además, no tenían manera de conservar el pescado que capturaban. Cuando llegaba a tierra firme ya no era fresco. Por este motivo, el Gobierno apoyaba a los propietarios que los transformaban en campos de arroz, que sí se podía almacenar y daba trabajo y riqueza a la comarca. Por eso desaparecieron todos los humedales de la zona hasta quedar sólo esta isla. Gracias a esos cazadores de patos se han conservado las lagunas tal como han sido siempre.

Tras esta inesperada clase magistral por parte de la suiza, habíamos llegado a la puerta de la masía, que estaba entornada.

—¿No tienen miedo esas mujeres de dormir con la puerta abierta en un lugar tan solitario? —pregunté a Lore.

—¿Por qué deberían tenerlo? En una isla deshabitada no hay ladrones.

—Pues tuvieron que llevarse un buen susto cuando apareciste por aquí con esa pinta —dije mientras esperaba que fuera ella quien empujara la puerta.

—Son casi ciegas. Además, Soraya y Patri viven tan apartadas del mundo que no se enteran de todas las fechorías que se cometen.

—Mejor así.

Lorelei me indicó con la cabeza que pasáramos al interior, como si tuviera algún tipo de derecho sobre la última casa habitada.

La seguí hasta un salón comedor que olía a tomillo y espliego. La luz que había visto desde la ventana procedía de una vieja lámpara de araña con bombillas de baja intensidad.

Debajo, una mesa cubierta por un mantel blanco parecía a punto para recibir invitados.

—Por muy hospitalarias que sean las anfitrionas —comenté—, no parece la hora más prudente para presentarse en una casa. Deben de estar durmiendo.

—¡Qué va! —repuso sin siquiera bajar la voz—. Las dos padecen de insomnio y no duermen más de media hora seguida. Voy a avisarlas de que estás aquí.

A continuación, sus botas militares trotaron escaleras arriba, dejándome solo en aquel comedor detenido en el tiempo.

54

Lorelci permaneció un buen rato cuchicheando en el piso de arriba con las ancianas, que no parecían tener prisa por conocerme.

Inquieto con aquella espera, exploré con la mirada hasta el último rincón del comedor. Había una docena de retratos familiares y un par de recuerdos de Tortosa, como si fuera una megalópolis distante y mundana.

Me detuve ante un poema enmarcado de Josep Maria de Segarra. En el margen inferior, alguien había escrito con plumilla que aquellos versos habían sido escritos por el poeta tras ser invitado tres días a la isla en 1945.

> *En esta existencia huidiza,*
> *en la cual se guarda menos que se pierde,*
> *con el alma medio vencida,*
> *quiero cerrar los ojos y soñar despierto*
> *en la opulencia del país de Buda,*
> *donde el agua es lisa*
> *y el arroz es verde...*
>
> *Noche de Buda, mejor que noche de rosas,*
> *sabes provocar el sueño más pregón,*

Buda, misterio, flores en la frente,
¡donde nada está de más!
Si no fuera por estas simples cosas,
¿de qué valdría haber venido al mundo?

Aquel poema evocador me embargó de una misteriosa calma. Me daba cuenta de que, siete décadas después, podía mirar el paraíso de Buda con los mismos ojos que el poeta.

Por un momento sentí envidia de aquellas ancianas que se iban apagando en ese oasis insólito. De no haber tenido una hija adolescente, me habría ofrecido de cocinero o de criado a cambio de retirarme en ese opulento —y a la vez vacío de ambiciones— país de Buda.

Se había hecho el silencio en la planta de arriba. Eso podía significar que la conversación había terminado y las anfitrionas se entregaban ahora a un breve sueño.

Para salir de dudas, subí sin hacer ruido los peldaños hasta el piso donde presumiblemente estaban las habitaciones. Desemboqué en un pequeño salón donde Lorelei me indicó, con el índice rozando su nariz, que no dijera nada.

La más despierta de las hermanas —supuse que era Soraya—, me guiñó un ojo mientras masajeaba de pie las sienes de una anciana prácticamente calva. La vieja Patri se dejaba hacer sentada en su silla y murmuraba algo con los labios, que movían cien arrugas en su rostro.

Demostrando que no era la primera vez que participaba en aquel ritual, Lorelei se acercó a explicarme entre susurros:

—Está despertando su memoria. Siéntate y verás, es muy gracioso.

«Gracioso» no era la palabra que yo habría utilizado para alguien que activa el riego sanguíneo de una anciana desmemoriada, pero me senté a la mesa con todos los músculos en tensión, como un principiante que acude a una sesión de espiritismo.

Lo que estaba a punto de suceder no andaba lejos de eso.

Tras un par de minutos parloteando en una lengua incomprensible, unos bellos ojos verdes se abrieron en el rostro lleno de pliegues de Patri. Me miró con dulce intensidad mientras pronunciaba cuatro palabras que me helaron la sangre:

—El faro. Estaba ahí.

55

—De repente, todo se cayó.

Tuve que hacer un esfuerzo para captar que se refería al desaparecido faro de Buda. Por la expresión de asombro de la anciana, entendí que estaba reviviendo los tiempos de aquel coloso que había sido el más alto del mundo.

—Era muy bonito, de color gris perla, y los barcos lo veían desde más de veinte millas. Algunos decían que les recordaba a la Torre Eiffel. Había tres fareros que se turnaban ahí arriba y, cuando mi madre cocinaba un pastel, me mandaba llevarles una porción. En total eran trescientos sesenta y cinco escalones, uno para cada día del año.

Tras un arranque lento, la anciana de los ojos verdes describía ahora con lucidez la película de los acontecimientos:

—Durante la Guerra Civil lo alcanzaron varias veces, pero aguantó como un campeón. Hasta que a falta de dos días para terminar 1959...

En este punto, Patricia se quedó sin habla y los párpados se le cerraron. Segundos después dormía profundamente con la cabeza colgando hacia delante.

Soraya levantó la mano en señal de disculpa y se sentó junto a su hermana para proseguir el relato. Por la seguridad con la que narraba los hechos, aquella anciana pequeña y vigorosa debía de haber oído esa historia más veces de las que deseaba.

—Yo no estaba ahí —confesó—, pero mi hermana siempre cuenta que el veintinueve de diciembre de ese año estalló una tormenta que dejó el faro sin luz. Lo asediaron olas gigantes por los cuatro costados, pero el monstruo resistió. Fue dos años después cuando, la misma noche de Navidad, otro temporal logró derribarlo después de cien años en pie. Mucha gente de la comarca lloró cuando, la mañana de san Esteban, descubrieron que el mar se lo había tragado.

Para ilustrar lo que acababa de contarme, acto seguido Soraya abrió un cajón lleno de recortes de prensa, lo cual demostraba que el viejo Oriol no era el único que sentía fascinación por el faro.

Sin entender qué sentido tenía volver a aquella historia, desplegué la hoja amarillenta mientras Soraya anunciaba que prepararía café.

—Le conviene estar despierto cuando mi hermana vuelva a hablar. Aún no ha oído lo mejor.

Lorelei se sentó a mi lado a leer sobre aquel hundimiento que le fascinaba, tal vez por el mismo motivo que le aterraba el mar.

ELEGÍA PARA EL FARO DE BUDA
por Sebastián Juan Arbó

A muchos la noticia de su derrumbamiento no les habrá dicho nada; en cambio para mí, ¡qué acumulación de recuerdos!

En mi infancia era costumbre, de tiempo en tiempo, hacer una excursión al faro; se iba en vapor de ruedas; solía hacerse en primavera, y pocos viajes se podían comparar, en belleza, a la bajada por el Ebro.

El faro estaba entonces tan dentro de tierra que desde allí no se veía el mar; comíamos al pie del faro... subíamos después a lo alto de todo por una escalera inacabable y contemplábamos maravillados el panorama inmenso de las riberas, de los amplios cercados sembrados de casetas, con el Ebro y sus curvas por el centro, que venían a morir al pie del faro; por la otra parte veíamos una vastísima extensión de mar.

Recuerdo, sobre todo, cuando lanzaba su luz clara sobre el horizonte, noche tras noche, en las calmas y en las tempestades. Muchos escritores han cantado a los faros... Yo también he cantado a los faros y lo he hecho con el faro de Buda, símbolo para mí de todos los faros...

Mientras la anfitriona faenaba en la cocina, Lorelei retomó el relato de aquella catástrofe, que tenía una segunda parte.

—Tras desmoronarse en 1962, se levantó una construcción mucho más frágil de cuarenta y ocho metros de altura. Algunos ingenieros advirtieron que se vendría abajo antes de entrar en servicio. Y así fue: en 1965 los cimientos cedieron y el faro se inclinó hasta desplomarse en el mar.

—Apasionante —ironicé con un bostezo—. ¿Me has traído hasta aquí para que me doctore en faros inestables?

—Si fueras un poco más imaginativo, sabrías que el faro en esta historia es sólo el envoltorio. ¿Sabes por dónde voy?

—No.

—Pues no te lo pondré tan fácil. Si quieres saber cómo sigue, tendrás que leer la reseña sobre un cuadro y sacar tus propias conclusiones. De hecho, entre las pinturas que sobrevivieron a 1909, ningún Picasso plantea tantos enigmas como éste.

56

La fabrica de Horta es un célebre y enigmático lienzo cubista pintado por Picasso en 1909 durante su segunda estancia en el pueblo de Horta de Sant Joan.

A su regreso a la capital francesa, fue adquirido por la mecenas norteamericana Gertrude Stein, aunque actualmente se encuentra en el Museo Ermitage de San Petersburgo.

Pese a contener elementos imaginarios que han originado todo tipo de especulaciones, describe el escenario seco y desolado del pueblo que el artista decidió redescubrir una década después.

La imagen muestra una fábrica que algunos supusieron de ladrillos, aunque en Horta de Sant Joan tal edificación nunca llegó a existir.

También sorprende que en la composición haya palmeras, cuando esta especie vegetal no se da por aquellos pagos. ¿De dónde trasplantó el artista esta flora exótica? ¿Por qué lo hizo?

Ante la pregunta de su amigo Palau i Fabre sobre el origen de estas palmeras, el pintor respondió sin más explicaciones: «Las puse yo».

Algunos críticos han ligado esta respuesta al planteamiento que hizo el mismo artista sobre la aparición del cubismo en su día:

«Cuando inventamos el cubismo, no teníamos la menor intención de inventarlo. Sólo queríamos expresar lo que había en nuestro interior. Ninguno de nosotros había trazado un plan especial de batalla.»

Por consiguiente, la alta chimenea de la fábrica y las palmeras se hallaban en el imaginario de Picasso. De dónde se inspiró para introducir estos elementos en el cuadro y qué quería decir con ellos es un misterio sobre el que los críticos a día de hoy aún no se han puesto de acuerdo.

FRANZI ROSÉS

Examiné un minuto largo la reproducción de *La fábrica* que ilustraba aquel breve artículo. Intuía adónde me quería llevar Lorelei, pero me resistía a aceptar una explicación tan rocambolesca.

—¿Sostienes que Picasso metió las palmeras de la isla de Buda en un cuadro de Horta? —pregunté escandalizado—. Supongo, entonces, que esa chimenea es una reinterpretación cubista del dichoso faro.

—No lo había pensado pero, ahora que lo dices, es una posibilidad que no se puede descartar.

Soraya reapareció llevando una bandeja con cuatro tacitas de café. El olor pareció estimular a su hermana, que reprendió el parloteo incomprensible que había oído media hora antes.

Volví a la discusión, lo que significaba que la teoría de Lorelei no me resultaba disparatada del todo. Intenté atacarla por sus puntos débiles:

—Pero esas palmeras que metió en el cuadro podían ser de cualquier otra parte. De Marruecos, de Elche... ¿Por qué diablos se tenía que inspirar en las de Buda?

—Primero de todo, porque está mucho más cerca —respondió mientras arrojaba una cucharada de azúcar a su café—. En segundo lugar, porque el mismo Picasso se encargó de relacionar Horta con las tierras del Ebro.

—¿Qué quieres decir con eso?

—Para distinguirlo del barrio de Horta de Barcelona, que por aquel entonces era un pueblo, él siempre se refería al lugar de Pallarès como Horta d'Ebre. Es un término absurdo que sólo utilizaba él, puesto que el Ebro se encuentra a más de treinta kilómetros de allí.

—Por lo tanto, sugieres que en algún momento de sus estancias en Horta d'Ebre fue a la isla y se le quedó grabado el paisaje de palmeras con el faro al fondo.

Acababa de lanzar esa deducción, cuando la vieja Patri salió del letargo y pronunció repetidamente un nombre: Eloi.

57

Lo que explicó la anciana a continuación tenía aspectos tan surrealistas como el Horta d'Ebre que Picasso había plasmado en su lienzo. Tras un inicio confuso, supe que el tal Eloi era un hombre de Buda que se dedicaba a hacer encargos para los fareros, ya que el barco de las provisiones venía de Tortosa sólo dos veces por semana.

—Era muy idealista —suspiró la anciana—, y decía que no trabajaba por dinero sino por amor al mar. Aseguraba a todo el mundo que era millonario, pero que no tenía necesidad de ese dinero. Con el mar le bastaba.

—¿Qué quería decir con eso? —pregunté aprovechando que Patri hilaba un discurso cada vez más coherente.

—Nadie le creía, ni yo tampoco hasta que lo vi.

La anciana hizo una pausa. Aunque Soraya y Lore conocían ya aquella historia, no se atrevieron a mover las tazas de café hasta comprobar que continuaba.

—Juraba que Picasso le había regalado un cuadro cuando él era un niño. Siempre contaba que el pintor había llegado en una barca, acompañado de una francesa muy elegante. Como Eloi ya entonces tenía la llave del faro, donde trabajaba su tío, se ofreció a enseñarles el mar desde lo alto. Entonces...

—Cuéntales lo que pasó, hermana —la azuzó Soraya al ver que se trababa.

—La francesa se mareó con tantas escaleras y tuvo que tenderse en el camastro del farero. Entonces Picasso, que era un mozo muy apuesto de veintitantos, tomó a Eloi por los hombros y, con el mar como testigo, le dijo: «*Como eres tan despierto y generoso, te voy a regalar una pintura sólo para que la tengas tú. No es un cuadro cualquiera. De hecho es mágico, porque si la miras bien, tú mismo te convertirás en artista. Nadie más debe verla, porque eso sólo lo entiende un genio*».

La vieja se interrumpió aquí, presa de un repentino temblor que no la dejaba vocalizar. Me dije que si ella moría en aquel momento, sin terminar lo que había empezado, yo mismo sufriría un ataque al corazón.

Soraya sabía cómo reajustar a Patri: le masajeó circularmente la palma de la mano hasta que el temblor cesó y fue capaz de proseguir. Sin embargo, como una aguja que salta de la primera pista de un vinilo a la última, de repente ya no hablaba de 1909 sino del dichoso hundimiento del faro.

—La Navidad de 1962 Eloi era un viejo gruñón que no quería saber nada del mundo. Sólo le interesaba el faro y un acuario que tenía ahí arriba. Contemplaba el mar durante horas, alimentaba a sus peces y escribía cuentos en los que nunca faltaba el agua. La gente se había ido de Buda hacía tiempo, así que mi marido y yo, que éramos jóvenes y pacientes, le invitamos a cenar el pavo. Pero antes de que saliera del horno, estalló una tormenta monstruosa y el viejo loco se fue corriendo al faro.

—¿Por qué? —pregunté sobrecogido.

—Dijo que un capitán jamás abandona su nave, por pavorosa que sea la tempestad. Jamás regresó. Todos aquí creen que se lo tragó la tierra con el faro de Buda. De él sólo quedó un cuento que olvidó sobre la mesa. Nos lo leyó mientras se hacía la cena.

Lorelei me dirigió una mirada significativa y sonrió abiertamente.

Era emotivo tener el último cuento de un náufrago, pensé, pero no era aquello lo que yo quería saber. Antes de que Patri se colgara en un nuevo lapsus, fui directo a la cuestión:

—¿Y ese cuadro de Picasso?

—Había pasado más de medio siglo, pero seguía diciendo que lo tenía escondido en el faro, que nunca lo vendería porque le ayudaba a escribir cuentos.

Aquello era tan entrañable como absurdo, pero no quise interrumpir a la anciana, que explicó:

—Una vez le desafié diciéndole: «Llevas toda tu puñetera vida hablando de ese cuadro, pero yo estoy segura de que no existe». Se puso como una fiera y me obligó a subir los trescientos sesenta y cinco escalones del faro para enseñarme el cuadro. Cuando lo vi, me dio un ataque de risa. Eloi se ofendió profundamente y nunca me lo perdonó.

—No hagas sufrir más a este señor, Patri —intercedió su hermana—. Dile ya qué había en el cuadro.

Como si rememorar aquel día lejano hubiera reactivado todas sus neuronas, la anciana me miró con lucidez y me preguntó:

—¿De verdad quieres saberlo?

58

Tras aquella noche, traté de mantener lejos de mi cabeza ese cuadro insólito que contenía el secreto de la creatividad. Era posible que Tobías Membrado, un panadero que tenía los pies en el suelo, hubiera destruido aquel regalo al tomarlo por una broma.

Imaginé a Picasso, dos meses antes, entregando una primera versión de ese mismo cuadro al chico del faro, que quizá soñaba con ser escritor pero no encontraba la inspiración. Según mi rocambolesca teoría, la visita a Buda se habría producido un día antes de tomar el taxi desde Tortosa a Horta. Una excursión de enamorados a un lugar exótico antes de volcarse en la experimentación cubista.

Fuera como fuese, si aquel lienzo había existido, hacía tiempo que formaba parte del fondo marino junto con los sueños de Eloi.

La tarde de domingo caía sobre el cielo inmenso de Buda, surcado por escuadrones de aves que trazaban dibujos efímeros sobre el azul.

«*Hasta el paraíso cansa*», había dicho Goethe, o por lo menos no es un lugar donde uno pueda quedarse para siempre jamás. Sin ir más lejos, era posible que al día siguiente venciera la paciencia de la familia que alojaba a Ingrid en su finca de Mallorca.

Esperé a que el vigilante hubiera finalizado su turno, aunque sospechaba que estaba al corriente de nuestras idas y venidas, para despedirme de las hermanas.

En un nuevo golpe de efecto, Lorelei se negó a acompañarme hasta el bote. Tras decir que se quedaba en la masía a cuidar de las viejas, me lanzó un beso con un gesto brusco y me deseó suerte.

Me alegré de que al menos uno de los dos hubiera encontrado su Ítaca.

Una hora después navegaba solo —era mi sino— mientras las pinceladas del crepúsculo eran cada vez más oscuras.

Con las manos ocupadas por el remo, no pude mirar mi teléfono móvil, que emitió un doble pitido para indicar que había entrado un mensaje. Enseguida me olvidé de él. Estaba demasiado concentrado en la navegación, que me ayudaba a poner en orden la loca rueda de acontecimientos que había empezado a girar, nueve días antes, al salir de Barcelona para visitar a un galerista.

Tras atar el bote prestado a su amarre, me dirigí hacia el auto con la pesadumbre de un escolar que, la noche de domingo, ve cómo el lunes y sus obligaciones le han ganado la partida.

El Seat Ibiza continuaba en su sitio, lo cual no era poco después de tanto despropósito. Comprobé que la gasolina me alcanzaría hasta Tarragona. Luego hice inventario de mi cartera y me acabé de deprimir.

Quizá mi investigación no había servido para gran cosa, pero de algo podía estar seguro: regresaba igual de pobre que había salido.

Enfadado conmigo mismo, pisé demasiado fuerte el acelerador y el teléfono móvil cayó al suelo desde el asiento del copiloto. No fue hasta que lo recogí que recordé que había entrado un SMS mientras remaba. Supuse que era de mi hija o de los padres de Angelica, pero me equivocaba.

Como si lo arcano se resistiera a abandonarme, leí con ansiedad un mensaje de un número que no conocía. Constaba de cinco palabras:

BAJO LA CUEVA DE PICASSO

59

Miles de estrellas, tal vez millones, iluminaban la noche como focos de un plató en el que iba a representarse el fin de un drama.

No tenía ni idea de lo que me esperaba en la cueva donde Picasso se había vuelto artista, pero aun así había regresado a Horta. Tras aparcar bajo las Rocas de Benet, me había valido de la linterna de Lorelei para iluminar mi camino hacia el acto final.

El silencio era tal que incluso los grillos habían callado, como si prefirieran no opinar sobre la locura que significaba volver allí.

Al cruzar el puente de madera hacia el otro lado del torrente, distinguí un fuego que proyectaba sombras grotescas en la cueva. El autor del mensaje había encendido una hoguera, seguro de que yo acudiría a la cita.

Con el corazón acelerado, me aproximé hacia una figura humana que, envuelta en una manta, miraba fijamente la lumbre.

—¡Anouk!

El baile del fuego se reflejó en sus ojos inmensos al recibirme con una sonrisa de satisfacción. Observé que había tendido dos pieles junto a la hoguera para formar un lecho.

Tras darle un beso en la frente, me tendí a descansar en aquella cama que emulaba la de Pablo y Manuel más de un siglo atrás. Con la mirada fija en los astros, me dije que sólo ellos eran los mismos, porque cien años de una estrella es una décima de segundo de una vida humana.

La voz suave de Anouk me sacó de aquellas reflexiones cósmicas de domingo por la noche.

—¿Dónde has estado?

—Vengo de descubrir el secreto de Picasso —dije fingiendo indiferencia—. ¿Y tú? ¿Qué hace una embarazada a punto de explotar en una cueva?

—¿Qué hace en un apartamento? —contraatacó—. Hace diez mil años, éste habría sido el lugar donde una mujer hubiese esperado la llegada de su hijo.

—Pero no has venido por eso.

—Tienes razón —respondió mientras pelaba una manzana con su navaja—. He pensado que lo que descubrió Picasso en esta cueva guardaba relación con la teoría de las ideas de Platón. Pero ya no estoy tan segura. ¿Tú que has descubierto?

—Quizá sea una chaladura, pero me acaban de contar cómo era el cuadro perdido de Picasso, el que encerraba el secreto de la creatividad.

—Wow. Vamos, suéltalo.

—Puestos a ser creativos, vas a tener que adivinarlo. Tienes sólo tres intentos.

Levanté la cabeza para ver cómo Anouk fruncía el ceño. Su pie desnudo bajo la manta tamborileaba la piedra, como si estuviera convocando a los espíritus de la inspiración. Lanzó su primera hipótesis:

—No me digas que era un lienzo en blanco porque me pongo a gritar ahora mismo.

—Error, te quedan dos intentos.

—Déjame pensar... ¿Tal vez un espejo? Si la creatividad no es un cuadro en blanco, es decir, la libertad absoluta, tiene que ser un reflejo del propio artista, que plasma los matices de su alma en cada obra.

—Eso estaría bien para llenar un examen cuando no tienes ni idea de la respuesta, pero has vuelto a fallar. Te queda una oportunidad.

Anouk suspiró ruidosamente mientras cerraba los ojos para concentrarse. Me giré hacia el fondo de la cueva, donde descansaba su maleta y, sobre ésta, varias prendas de ropa.

—Ya lo tengo —dijo de repente—, es un lienzo de aire, sin nada.

—¿Qué quieres decir con eso?

—Lo que acabas de oír. Un marco sin lienzo, porque la creatividad sale del vacío, es un universo que se crea espontáneamente desde la nada.

—Has vuelto a fallar —repuse conteniendo la risa—. Lo siento, creo que Picasso no era tan intelectual como para elaborar teorías así de sofisticadas. Más bien era un bruto.

—¿Cuál es, entonces, el secreto de la creatividad? —preguntó mientras se acercaba a mí envuelta en la manta—. ¿Qué había en ese cuadro?

—Lo siento. Has agotado tus disparos. *Game over*.

—Ni hablar —dijo poniendo su pie en mi estómago—. No te dejaré ir hasta que me lo cuentes.

—Sólo si compartes conmigo esa manta. Empieza a hacer frío.

—Es que no llevo nada debajo.

—Por eso lo digo, ¿o crees que soy bobo?

Anouk me tiró un puñado de ramas secas por la cabeza como toda respuesta. Luego me exigió:

—Vamos, ¡habla!

—Tienes la respuesta en tu mano derecha.

Asombrada, miró la navaja con la que había pelado la manzana como si la viera por primera vez.

—¿Sabías que Picasso nunca se desprendió del cuchillo que tenía en la cueva? —dije feliz de podérmelas dar de listo por una vez—. Lo llevaba siempre encima y, cuando alguien le pedía un cuadro absolutamente original, rasgaba el lienzo con él. Probablemente ése fue el cuadro que recibió Tobías Membrado.

—Pero... —murmuró aturdida—. ¿Qué diablos quería decir con eso?

—Significa el desgarro que se produce en el artista cuando crea algo nuevo. Al abrir un nuevo camino, matas lo que has sido antes para renacer de nuevo como alguien diferente.

—Desde luego, como teoría de la creatividad no está mal. ¿Fue eso lo que dijo Picasso a quien regaló el lienzo roto?

—No tengo ni idea, me lo acabo de inventar.

Sobre mi cabeza aterrizó una nueva lluvia de ramas y hojas calcinadas. Luego Anouk abrió la manta para mostrarme que estaba desnuda y se tumbó a mi lado antes de cubrirnos a los dos.

—¿Estás preparado para acostarte con un cachalote?

—Cosas más raras he hecho —dije mientras ella me desvestía a toda prisa—. ¿No dijo alguien que el arte crea extraños compañeros de cama? ¿O era la política?

—Cállate ya, ¿quieres? —bromeó antes de besarme y darse la vuelta para facilitar el acoplamiento—. Por cierto, supongo que sabes lo que puede pasar cuando haces el amor a una embarazada a punto de explotar...

Epílogo

60

Lo primero que aprende un hombre al entrar en una sala de partos es que lo que sucede no se parece en nada a las películas. Cuando Hollywood muestra un nacimiento, pasan cosas todo el tiempo, la madre grita y el futuro padre le agarra la mano a punto de desmayarse.

Al pensar en un parto de ocho horas, uno se pregunta entonces cómo se soporta semejante tortura durante tanto tiempo.

Una vez en el paritorio, el hombre descubre sorprendido —o incluso hastiado— que hay horas enteras en las que no sucede nada. Una hora de espera para que haga efecto la epidural. Otra hora aguardando que la oxitocina anime al pasajero a salir.

No es hasta el último cuarto de hora que el parto se convierte en un espectáculo para el que sólo cabe el asombro.

Me hallaba en esa fase con Anouk, que me sujetaba la mano con fuerza mientras tres enfermeras y una médico la animaban a empujar.

Después de interminables horas de tensión, empezaba a creer que Pablo no nacería nunca. Se resistía a abandonar el mundo de las ideas para atravesar el lienzo con el que Picasso había ilustrado la creatividad. Una vez pasara al otro lado, no había vuelta atrás. Tendría que aventurarse en la vida, y Anouk sería madre para siempre más.

—¡Ya viene! —gritó una enfermera joven con lágrimas en los ojos.

Antes de que pudiera prepararme, un cuerpo pequeño y retorcido aterrizó sobre el pecho de su madre. Cuando el bebé arrancó a llorar, el personal sanitario estalló en una ovación como si acabara de cantar un barítono.

Tras su primera actuación en el mundo, el bebé fue retirado tras las bambalinas para reaparecer en mis brazos, un minuto después, aseado y vestido para su estreno en la vida.

Anouk lloraba de emoción y yo tuve que hacer un esfuerzo para no derrumbarme como el faro de Buda. El niño me miraba, tan sorprendido de conocerme como yo a él, con unos ojos negros y profundos como los de Picasso.

La médico que había dirigido el parto me dio entonces una palmada en la espalda y exclamó emocionada:

—Felicidades. ¡Es igual que su padre!

Agradecimientos

A Elías Gastón Membrado, por llevarme tras los pasos adolescentes del genio y sus enigmas.

A todos los que hacen posible el Centro Picasso de Horta.

A los amables y hospitalarios vecinos de Horta de Sant Joan.

A Octavi Serret, incombustible promotor de la literatura y el entusiasmo.

A Eloi Serret, cuyo apellido es sólo coincidencia, porque me enseñó el secreto de la creatividad.

A Franzi Rosés y Juanma Santiago, por su valiosa documentación.

A Jordi Cantavella, mi hermano del alma.

A Loving y Tempe, por iluminar la isla de Buda.

A Eduardo Hojman, editor visionario y amigo.

A Pilar Beltran, la editora que vio nacer a Leo Vidal.

A Sandra, una agente siempre dispuesta a la aventura.

El viaje a Picasso: nota del autor

Hará un par de años que me interesé por la adolescencia de Picasso. Por aquel entonces ya se había publicado la segunda aventura de Leo Vidal y no sabía si habría una tercera. Cuando finalmente decidí abordar las dos estancias del pintor en Horta de Sant Joan, me di cuenta de que había muy poca documentación sobre estos viajes iniciáticos del que, probablemente, ha sido el artista más genial del siglo xx.

Digo iniciáticos porque la fulgurante trayectoria de Pablo Picasso no se podría entender sin esta pequeña población del sur de Cataluña, a las puertas de Aragón. En su primer viaje, el aprendiz de pintor salió de la cueva convertido en un creador absoluto, alguien destinado a romper moldes en las vanguardias de París. En su segunda estancia se sumergió en el cubismo y exploró nuevas posibilidades, incluida la fotografía, ya que retrataba a los lugareños con una cámara de la época.

Aparte de los artículos de Palau i Fabre sobre estos episodios biográficos existen pocos ensayos que aporten informaciones cotidianas. Para indagar en las aventuras que han inspirado esta novela ha sido esencial la memoria viva de las gentes de Horta de Sant Joan, que recuerdan las historias que contaban sus abuelos sobre Picasso.

En este sentido, es heroica la tarea que lleva a cabo el Centre Picasso de Horta de Sant Joan, que espero que un día no muy lejano pueda albergar obras originales del artista que tanto amó este lugar. Allí trabajan de manera altruista apasionados del pintor como Elías Gastón Membrado, sin cuya orientación esta novela jamás habría sido posible. Gracias a él, entre muchas otras cosas, pude conocer las cartas de Fernande que no se habían publicado nunca en nuestro idioma.

Puesto que estamos hablando de una novela, tal vez los lectores se pregunten qué hay de realidad y qué de ficción en *El secreto de Picasso*. Por asombrosas que parezcan las anécdotas sobre las andanzas del genio, son todas ellas ciertas.

Sólo la interpretación del cuadro perdido y el cuentista del faro de Buda son elementos de ficción, y ni siquiera completamente. Todo lo relativo a esta isla y su faro ha sido extraído de fuentes fidedignas, a excepción de las entrañables ancianas que ven pasar los días en la última casa habitada.

El niño del faro está inspirado en una persona, desaparecida hace años, sin la cual nunca me habría dedicado a la música ni a la narrativa. De hecho, el cuento que lee el protagonista es de su puño y letra. Como él se llamaba Eloi, un primo que en mi infancia ejerció de hermano mayor y que siempre echaré de menos.

La verdadera ficción de la novela se canaliza a través de sus protagonistas. Muchos lectores ya conocen a Leo Vidal por sus aventuras en *El Cuarto Reino* y *La Profecía 2013*. Se ha hecho esperar casi tres años para emprender una nueva investigación y, tras el final de esta pequeña odisea, no queda claro si podrá aceptar otra misión o se impondrá un cambio de vida.

Los que además han leído *La última respuesta*, coescrito con mi amigo Álex Rovira, se habrán sorprendido al reencontrar a Lorelei. Este ángel —o demonio— de inspiración punk, una muchacha demasiado rica y desocupada para estarse quieta, se ha colado en las aventuras entre Horta y la isla de Buda.

Aunque Leo Vidal tal vez se retire para siempre de las investigaciones al borde del abismo, las aventuras de esta suiza imprevisible no acaban aquí. Le queda al menos una misión a la que acudirá, como siempre, sin ser invitada.

Quisiera cerrar estas líneas con un sentido homenaje a los lectores, que no he incluido en el apartado de agradecimientos por las muchas personas que necesitaba mencionar. Todos los esfuerzos y dificultades quedan compensados con creces cada vez que un lector te agradece los buenos ratos que ha pasado con tu novela, o la oportunidad que le has brindado de conocer algo interesante, como en este caso la adolescencia de Picasso, Horta de Sant Joan y la isla de Buda.

Es para todos vosotros que escribo, y puedo hacerlo gracias a los editores y a los libreros, héroes cotidianos que luchan contra viento y marea a fin de ofrecer una alternativa a la realidad que nos cuentan las noticias.

Quien sostiene este libro es mi verdadero jefe, y mi mayor ambición es que el libro que estás a punto de cerrar no te haya decepcionado.

Con todo mi cariño,

Francesc Miralles

Índice